一个
单身赴任
下级武士的
江户日记

酒 井 伴 四 郎 幕 末 食 生 活

幕末单身赴任

宋 爱 / 译

下級
武士の
食日記

［日］青木直己 / 著

社会科学文献出版社
SOCIAL SCIENCES ACADEMIC PRESS(CHINA)

方寸

方寸之间　别有天地

目 录

第三章　男子入厨房——江户的食材和料理　　087

序 言

"寿司一定要在江户吃。而且还很便宜！"（出自《江户自慢》）某位生活在幕府末期（1853~1869）江户的医师曾这样说。在当时的江户，寿司和天妇罗、蒲烧鳗鱼一样，本是在街边巷角随处都能吃到的美食。

历经 260 年形成的江户饮食文化，在幕府末期日渐繁盛。与此同时，也表现出新时代的一些变化。比如牛肉锅[1]通常被认为是明治文明开化时期引入西方文化后的代表食物[2]，但其实以猪肉为主的各种肉食，在幕府末期就已经在武士和庶民阶层中得到了很大程度的普及。

---

1 即现在的"寿喜烧"。——译注
2 通常认为古代日本只吃鱼、鸡等，不吃四足动物，而吃牛肉则是明治维新后由西方传入的饮食习惯。——译注

本书将会向大家介绍幕府末期江户人的日常居家饮食及在外就餐情况。本书中登场的主人公是一位下级武士，他的名字叫酒井伴四郎，来自纪州和歌山藩[1]。

樱田门外之变（1860）中，大老[2]井伊直弼被暗杀。事件发生约三个月之后，伴四郎被派往江户藩邸就任[3]。伴四郎将家人留在和歌山，一个人来到热闹繁华的江户开始单身赴任的生活。伴四郎性情勤恳，把每天的生活都事无巨细地写在日记里。他在日记里坦率地记录了初到江户生活的种种新奇见闻，以及工作中与其他藩士相处的点滴。在日记中，伴四郎的日常生活可以说跃然纸上。除此之外，每天的饮食细节、江户的特产，以及在外面吃的荞麦面或涮锅等，他也都非常详细地写进了日记里。

像伴四郎这种到江户就任的下级武士，吃饭主要靠自己做。如何既能省钱又能做出好吃的饭菜是很考验人的。他们每天的饮食跟当时江户

1　其领地为现歌山县和三重县南部。——译注

2　幕府官职中辅佐将军的高官。——译注

3　当时的"参勤交代"制度命令各地大名，以年为时间单位轮流在自己的藩属国和江户交替生活。因此需要各地藩国的武士跟随自己的大名到江户赴任。——译注

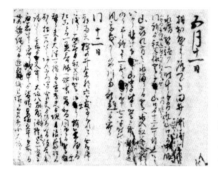

伴四郎认真地用小字写成的日记。
酒井伴四郎《万延元年 江户江发
足日记账》原本（东京都江户东京
博物馆收藏）

的普通百姓没有什么大的区别。所以，从伴四郎日记中的记载，我们可
以窥见幕府末期江户庶民的饮食生活。

　　伴四郎的日记中不仅记载了饮食生活，还记述了赴江户就任的武士
们生活中的种种小乐趣。比如在公共澡堂的二楼，武士们和澡堂主人举
办宴会直到深夜；又比如，去横滨做个短途旅行，感受异国风情[1]，到浅
草或爱宕山这样的名胜去参观，还有去看洋人，等等，都是非常具有幕
府末期时代特征的娱乐活动。然而，在伴四郎的日记中，几乎看不到他
对当时政治局势的看法和意见。笔者以为或许伴四郎有他自己的想法或

1　横滨当时已经开港，有很多西洋风格的建筑。——译注

感触，但通过他的日记，我们的感觉是，他对错综复杂的政治事件是毫无兴趣的。

接下来我们就与伴四郎一起，感受一下幕府末期的江户生活吧。

文库版序言

《一个单身赴任下级武士的江户日记：酒井伴四郎幕末食生活》[1]

的旧版（以下简称"旧版"）被纳入"生活人新书"系列由 NHK 出

版社付梓以来，已经过了十一年。这十一年里我的生活也发生了很大

的变化。其间，我生了病，病情现已平稳，目前也已退休，过着跟在

公司上班时完全不同的生活：在大学或者各种文化机构开讲座、做演

讲、写书，每个月有五天时间去以前的公司帮忙；剩下的时间基本就

在东京的图书馆及各种资料馆、档案馆度过，查文献、看史料等，简

直像又回到了二十几岁读研究生时候的生活。虽然没问过我太太，但我

猜她本来是指望我退休之后能在家做"家庭主夫"的，让她失望了，我

感到非常抱歉。但我还是希望能继续过几年这样的"研究生"生活。

1　日文版书名为『幕末単身赴任下級武士の食日記』。本书译自其增补版，即作者在序言中所说的
"新版"。——编者注

此外，在这十一年里，与伴四郎相关的情况也发生了很大的变化。在写"旧版"的时候，主要依据的材料是林英夫先生翻刻的伴四郎的日记。这本日记从万延元年（1860）五月十一日[1]开始，到同年十一月底结束，共有大概七个月的内容。除此之外，当时找不到其他史料，欠缺史料的部分，则参考了岛村妙子女士的论文。因此，关于当时伴四郎买东西的物价，也是引用岛村女士论文中的数据。根据岛村女士的论述，在日记的后面还有记载伴四郎开销数据的账本《江户诘小遣账》，我引用了这些数据。

2010年3月，收藏伴四郎日记的江户东京博物馆出版发行了《酒井伴四郎日记——影印与翻刻》，并刊登了解说和相关论文。对我最有帮助的就是影印版，因为"旧版"中所依据的史料在翻刻的时候也有些细微的错误，由于影印版的发行，我得以将这些错误进行修正。

另外一件大事就是，小野田一幸先生和高久智广先生的《纪州藩武士酒井伴四郎关联文书》（2014年清文堂出版，以下略称为《关联文书》）得以出版发行。这本书翻刻了那些我以前没有找到的伴四郎的日记

1　本书涉及的时代使用阴历（农历），如无特殊说明，则所有日期均指阴历日期。译者在翻译的时候，阴历日期用汉字表示，阳历（公历）日期用阿拉伯数字表示，以兹区分。——译注

和记账单。由此，就可以弄清楚伴四郎在万延元年所买的各种东西的价格。但是对"旧版"中参考岛村女士论文后写的购物的次数与价钱，我没有做任何修改。

《关联文书》中提到了伴四郎第二次来到江户的生活，也提到了第二次长州战争（1866）时伴四郎从军，在新政权建立后去京都出差的史实。所以在新版书中，我也提到了这些事情。另外，小野田一幸先生所著的详尽解说——《下级武士走过的幕末》（以下略称为"解说"），也帮我再次深入地理解了伴四郎这个人物。

这本书与"旧版"相比，订正了一些错误，并且增添了不少新内容。另外，对于伴四郎日记中的语句，我也将它处理得更为简单易懂。

第一章

踏上去往江户的旅程

江户和勤番武士

六月十四日（万延元年，1860）

（略）往曲町（东京都千代田区）附近观看庙会，其热闹程度与和歌山庙会相比更热闹三倍，实乃令人瞠目也。

六月十七日（同年，以下皆同）

（略）拜访爱宕山，环顾世界，在此眺望可见江户的三分之一，语言文字皆不能道尽其广阔。后参拜增上寺，其寺内之广阔程度令人难以想象。

这些文字出自纪州和歌山武士——酒井伴四郎在江户单身赴任时的日记。日记中介绍了伴四郎离开和歌山到江户就任的情况以及各种生活琐事，对于当时二十八岁的他来说，江户的生活充满了奇珍异闻。他常常将在江户感受到的讶异之事记载在日记里。曲町位于他所居住的和歌山藩宅邸附近，那里夏天举办庙会。他写道，曲町的庙会要比故乡和歌山的庙会热闹三倍。他还从爱宕山上远眺广阔的江户，率真地在日记中写道，完全无法用文字来形容江户的壮阔，还说到增上寺的面积之广令人难以相信它仅仅是一个寺庙。

说起和歌山藩，那是德川一族中地位仅次于将军家的三大分支之一，被称为"德川御三家"[1]，和歌山藩主是坐拥555000石俸禄的大大名。藩主所居住的和歌山市，在当时也是个大都市。但即便这样，和歌山还是无法与江户相比。江户在当时是全世界最大的大都市。享保六年（1721），江户约有110万人口，同一时期的伦敦只有70万人口，巴黎有50万人口，北京有70万人口。与当时的伦敦、巴黎、北京相比，江户的人口之多令人难以想象。然而当时江户的范围比现在的东京都23区[2]要小得多，所以当时江户人口密度之大远超世界其他都市。像伴四郎这样到江户就任的武士，当然也是促成江户人口集中以及高人口密度的原因之一。

1　德川御三家分别为尾张藩（其领地为现爱知县西部，还包括岐阜县及长野县的一部分）、纪州藩（即和歌山藩）和水户藩（其领地为今茨城县中部及北部）。——译注
2　即东京的主城区。——译注

自德川家康以来，江户是幕府所在地，成为政治的中心。但并不是说仅仅因为是首都，就会成为人口超过百万的大都市。

德川幕府命令其直属的家臣们都到江户居住。18 世纪初期，拥有可以直接拜谒德川将军资格的旗本[1]武士约有 5200 人，不具有直接拜谒将军资格的御家人[2]武士约有 17000 人。除此之外再加上各种侍奉的家臣，即有了所谓的"旗本八万骑"。但即便如此，也还只是当时江户人口数量的一小部分。

于是在此登场的，就是像伴四郎这种大名的家臣。德川幕府为了限制各地大名的力量，保障对全国的统一支配权力，创造了名为"参勤交代"的制度。由此，各地大名每隔一年或半年要在江户和其领地之间往返，轮流居住，并让妻儿留居在江户。

于是大名不得不在江户和其领地之间过着双重生活。去江户赴任时，带上大多数家臣到江户去；回到自己的领地时，将一定数量

1　武士等级的一种，江户时代只有大名和旗本武士拥有直接拜谒将军的资格。可以拜谒将军的资格称为"上听"。——译注

2　武士等级的一种，不具备拜谒将军的资格，通常俸禄不足一万石。——译注

的家臣留在位于江户的宅邸中。大名的数量在不同时期略有起伏，但基本保持在 270 家左右。所以在江户城中，不仅有旗本、御家人这种德川将军的直属幕臣，并且还生活着许多其他大名的家臣。在江户，武士阶层人口总数超过 52 万。

从另一个角度来讲，江户的武士们一直在进行消费活动。他们首先当然必须有刀、枪这样的武具，然后需要衣服、食材等生活资料。所以，为了支撑武士们的生活，各种商人和手艺人是必不可缺的。于是很多商人和手艺人从全国各地聚集到江户，围绕着武士们做起了买卖。与此同时，为了支撑这些商人的日常生活，又有更多的人聚集到了江户。最终，武士、商人和手艺人，还有僧侣等加在一起，江户的人口超过百万。

另外，武士阶层所占有的土地，超过江户总面积的 64%；寺庙和神社用地也超过 15%；而约占一半人口比例的商人和手艺人的居住用地，则仅为 21%。人口密度之高可想而知。

美食的十字路口

江户可以说是美食的十字路口。北起虾夷地的松前藩和陆奥的弘前藩，南至九州萨摩藩，从全国各地来赴任的武士都集中到了江户，除此之外还有从伊势和松阪等地来的商人。他们都到江户寻求商业利益。他们带着在故乡养成的饮食偏好而来，生活在江户也依然对故乡的美食念念不忘。于是江户就成了多种多样的饮食风格相互碰撞、交织融合的城市。

要满足江户居民的食欲，首先要保障多种多样的食材供给。于是江户开设了很多菜市和鱼市，以供应食材。首先，神田开设了菜市，井原西鹤在《世间胸算用》(1692) 这本书里描绘了神田菜市的热闹景况。他写道："每天由马匹驮着萝卜而来，看起来简直像农田在自己移动一样。"在那之后，随着江户的发展，本所[1]和千住[2]也开设了菜市。鱼的供应，主要由有名的日本桥鱼市，即当时所说的"鱼河岸"[3]提供。

---

1 位于现东京都墨田区。——译注
2 位于现东京都足立区。——译注
3 即著名的筑地市场的前身。——译注

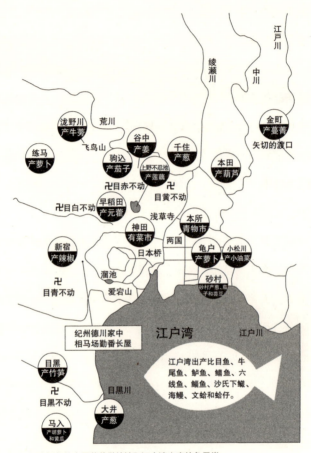

江户近郊的主要蔬菜供给地和江户湾出产的鱼贝类

江户居民的餐桌汇聚了从全国各地运送而来的多种食材。但他们日常所吃的，主要还是江户近郊农村出产的蔬菜，以及江户湾和近海捕捞的鱼类。

幕府时代初期，江户近郊的农业产量不大，技术也不成熟。但随着江户的发展，近郊的农业也一同发展起来。以千住和练马为首，当时的近郊农村已经成为江户的蔬菜供给地。除此以外，其他近郊各地也都培育出了当地的特色蔬菜。

举例来说，小松川产小油菜，千住产葱、豌豆、楼梯草、鸭儿芹、紫苏、水芹、茼蒿。除此之外，练马产萝卜，谷中产姜，早稻田产元蘘，大井产葱，目黑不仅有近海捕捞的秋刀鱼，而且还产竹笋，现在的新宿在当时的特产是辣椒。府中产的香瓜是进贡给德川将军家的佳品，上野的不忍池可以收获莲藕。

江户时代中期之后，开始进行蔬菜的催育栽培。将"鱼河岸"产生的垃圾铺到蔬菜田里，在上面盖上草席进行保温，并且制作挡风棚，有的时候还会生火保温催育。这样产出的农作物，虽然有些"奢侈"，但由于江户人喜欢当季最早上市的第一批新鲜食物，所以他们对这些催育作物赞不绝口。不过，随着这种"奢侈"越发加剧，幕府出台了不少限制催育栽培的法令，几度想要限制它的发展。但即便如此，这种"奢侈"之气也没有止息。

那么鱼贝类又如何呢？被称为"江户前"的江户湾是鱼贝类的宝库。以金杉[1]、品川[2]为首，近百个渔村捕获比目鱼、牛尾鱼、鲈鱼、鳐鱼、六线鱼、鲻鱼、沙氏下鱵、海鳗、文蛤和蛤仔等，将它们送到鱼市上去卖。当时鱼市上有多达130种海鲜在售。之所以能发展出至今闻名的江户前寿司，也是多亏了江户湾的丰富渔产。顺便说一句，在明治时代，东京湾渔场的单位面积渔猎额位列日本所有渔场中的第一位。可以想象在江户时代应该也是如此。

江户湾的外海，恰好是由东海北上的黑潮和由千岛群岛南下的亲潮相互交汇之地。有很多鱼类都会随潮而至。比如说，到了初夏，就会有随着黑潮北上的鲣鱼，到了秋天则有秋刀鱼南下。这些都是装点季节色彩的美味。特别是初夏最早上市的鲣鱼，当时定价一条

1　位于现千叶县船桥市。——译注
2　位于现东京都品川区。——译注

鱼市的热闹一如既往。日本桥的鱼市。《江户名所图会》（局部《新订江户名所图会1》筑摩学艺文库）

三两（合现在 386400 日元左右），堪称天价。

另外，现在被认为是高级鱼类的金枪鱼，在当时则是下等菜肴的代表。金枪鱼腹部脂肪多的上肥也不合当时江户人的口味。而当时比较普遍的吃法，是事先将红肉部分进行腌制处理，制成"腌金枪鱼"。

河鱼中，隅田川的银鱼和多摩川的香鱼，是进贡给德川将军家的珍馐。就连土腥味较重的关东产的鳗鱼，由于在文政年间（1818～1830）创造出新的制作方法，而变成了新的美味（见本书第三章第10节"鳗鱼手信"）。说句题外话，江户老百姓的饮水水源是玉川上水渠。据说偶尔会有多摩川中的香鱼群迷路游到玉川上水渠中，所以可能当时本应进贡给将军家的香鱼，也会通过玉川上水渠登上普通百姓家的餐桌。

江户丰富的鱼贝类和近郊农业的发展保障了食材的供应。由全国各地带到江户来的食材和调味料，还有酒这类的嗜好品，支撑起了江户人的饮食文化。另外，物流体系也渐趋成形，能将这些食材带到江户每个角落，因此路边摊、茶屋还有饭馆这些提供饮食的店铺也开到各地各处。至此,支撑江户饮食文化的整个机制已臻至完善。

除了轮流赴江户就任的武士,商人和手艺人等也从全国各地聚集到江户。他们带来了故乡的饮食文化,以此为背景,多种多样的饮食风格在江户这个城市相互碰撞、交织融合。江户就是这样一个美食的十字路口。可以说,我们如今称为"和食"的饮食文化体系,就形成于当时的江户。

勤番武士的江户生活手册

本书的主人公酒井伴四郎,在万延元年(1860)他二十八岁时被任命为勤番武士,由此第一次单身赴任来到江户。和歌山藩在江户有二十多处宅第,酒井伴四郎居住的是赤坂纪之国坂宅邸,面积达134000坪[1]。当时的和歌山藩赤坂纪之国坂宅邸,地处现在东宫御所及各宫家所在的赤坂御用地一带,现在的四谷迎宾馆也是它的一

1　约44.3万平方米。——译注

部分。不过伴四郎作为俸禄只有 25 石的下级武士，当然是居住在宅邸大院中的简陋住房里，他们住的房子称为"长屋"[1]。

从全国各地聚集到江户来的勤番武士们，其实生活得很辛苦。侍奉和歌山藩付家老[2]安藤氏的侍医原田氏记载了勤番武士在江户的生活。他写道，勤番武士常被蔑称为"农村人"，生活中每一文钱都要节省着花。他根据亲身体验，写成了一本与江户的习俗及食物相关的手册《江户自慢》。那么，就让我们来看看原田氏记录下的勤番武士的生活智慧吧。

据原田氏记载，江户周边皆为平原，田地也很多，因此食材主要靠其他地方供应。他称之为"六十余州之人辐辏至此，食之尽也"，意思是说像自己一样的人从全国各地聚集到江户，江户几乎被吃空。

勤番武士平常自己做饭。《江户自慢》中也记载有"爨"字，即灶台。看来在武士们居住的长屋中，是有灶台可以自己做饭的，另外，名叫"七轮"的硅藻土小炉子可以烧炭，也方便进行简单的烹调。

1　相邻的房子共用墙壁，彼此连成一排的建筑形式。——译注
2　可以从大名的本家分家独立，并担任辅佐等职位的重臣。——译注

为了节约，勤番武士自己做饭时也尽量寻找便宜的食材。

其中腌鲱鱼卵是一年四季都可以买到，并且价格非常便宜的一种食材，作为勤番武士吃饭时的配菜最好不过。这与现代人的饮食状况有很大的不同。[1]另外，贝类的种类也很丰富，特别是蛤仔和文蛤很常见。也有把贝壳剥掉，只卖蛤肉的，既便宜又好吃，是第二受欢迎的配菜。

同样是贝类，江户的生蚝肉很多，味道很清淡，比故乡和歌浦产的生蚝还要更胜一筹。而扇贝肉既柔软又美味，被喻为"西施舌"，受到极大的称赞。但是扇贝肉价格高昂，作为偶尔吃一点的下酒小菜还可以，但如果作为吃饭时的配菜就太奢侈了。因为扇贝价格太高，原田将之定位为奢侈品。由此可见，勤番武士价值观中第一标准就是价格。

鱼的话，海鳗比较少，鲳鱼更是没有。从价格上看，鲻鱼、沙丁鱼、斑鰶都非常便宜，竹荚鱼相对贵一些，而章鱼、风筝鱼（红

1　现在在日本，鲱鱼卵是一种较为高级的食材。——译注

鲣鱼）则称得上昂贵了。原田氏记载道，对于贫士（下级武士）来说，这些他们都是吃不起的。原田氏还评价生鲑鱼又好吃又高级，不过与鳟鱼相比，味道更淡。

和歌山盛产鱼贝类。曾任纪州和歌山藩主，后来成为第八代将军的德川吉宗，曾嗟叹世人饮食奢华。他自己每日只吃两餐，并且甘愿每餐只用一汤三菜这样的粗茶淡饭。但即便如此，他也并非对饮食毫不在意。据说在和歌山长大的吉宗将军，对鱼的品质是非常敏感的。

原田氏看来也对鱼比较挑剔。他在《江户自慢》里对许多种鱼的味道进行了评价，他称江户的高级鱼有很多，但整体而言味道比较清淡，基本上与吃青菜差别不大。对于江户与和歌山的鱼味道的不同，他认为是由于海中砂石泥土以及潮汐的缓急差异所导致的。他的这种观点，通过江户与和歌山自然环境的差异来解释鱼味道的不同，让人觉得十分有趣。

江户的酒

即便到现在，很多人也会期待着结束一天的工作后能喝上一杯酒，这能给我们带来迈向第二天的活力。江户时期的勤番武士也是如此。在很长的一段时间里，江户的酒是从大阪池田或神户东滩区一带搬运来的，也就是通常所说的"下行酒"[1]，这些酒在江户得到了高度评价。据说江户时代后期，每年有上百万樽的酒通过船运送到江户。根据《江户自慢》的记载，江户上等酒口感很好，但价格非常高昂，而且即便醉酒也会很快醒来。所以说虽然完全不用担心宿醉，但对于喜欢豪饮的人来说，钱包容易顷刻就被掏空，乃至欠债。因此原田在《江户自慢》中呼吁大家注意不要饮酒过量。这样看来，无论是过去还是现在，酒鬼们都是一样的，真是忠言逆耳啊。之后还会提到，伴四郎也非常喜欢喝酒，偶尔也会因为喝酒引起麻烦。

原田大力主张买半盏价钱低廉的火酒[2]喝，既不用下酒菜，又可

1　由于京阪地区称为"上方"，从上方搬运到江户的酒叫作"下行酒"。——译注

2　即现在所说的烧酒，通常为酒精含量较高的蒸馏酒。——译注

以醉上好长时间，盘子里盛点味噌当下酒菜，非常经济实惠。

有一种说法，认为江户是世界上最早出现专门吃饭的饭馆的地方。从全国各地聚集而来的勤番武士，大多数都是单身赴任；被称为御店者的商家佣人们，也大多住在店里并且结婚很晚。所以江户是一个男性人口比例异常高的城市。对于单身的男性来说，如果有可以在外吃饭的小饭馆，那是非常令人心安的，这一点无论古今都没有变化。但江户的中流阶层以上的商人很少在外吃饭；上级武士会有宴席，但除此之外很少在外就餐。

在外吃饭的习俗，尤其是现在可以当作快餐来吃的寿司和荞麦面等，是由当时江户的庶民们培育起来的。尤其是对于原田还有伴四郎这样的下级武士来说，小饭馆是必不可少的，也是他们在江户生活的乐趣所在。《江户自慢》中也写道，被称为"一膳饭屋"的简餐小店、荞麦面店、小豆汤年糕店，或者路边半露天的茶点店，在江户随处可见。据说在伴四郎生活的时代，在江户光是荞麦面店就有 3763 家，而且还没有算上只在晚上出摊的夜鹰荞麦店，可见荞麦面店之多简直令人惊叹。

卖食物的小摊平常就放在路边，当有需要的时候可以推着就走。此外也有用扁担挑着做食物的食材，可以边走边卖。这种小摊并不仅仅在节日或者庙会时才有，它们已经成为江户饮食文化的代表。而且在当时，天妇罗和寿司也都是在路边小摊贩卖的平民食物。

那接下来我们就通过酒井伴四郎的江户日记，了解他的饮食生活。

梅雨季节，动身前往江户

酒井伴四郎被任命到江户去赴任，于万延元年五月十一日从和歌山城下出发，十八天后，即五月二十九日抵达江户。一路上从和歌山经过岸和田到达大阪[1]，再从京都南部的伏见经过琵琶湖畔的大津，再途经草津沿着中山道[2]前往江户。与伴四郎同行的还有他的叔父宇治田平三，还有两个扈从，名字分别叫大石直助和为吉。半路上小田野喜代助和小林金右卫门两人加入进来，他们是和歌山藩的

<hr>

1　"大阪"在江户时代写作"大坂"，本书中统一写作"大阪"。——译注

2　江户时代的"五街道"之一，其他四条街道是东海道、日光街道、奥州街道、甲州街道。——译注

支藩——伊予西条藩的武士。

虽说是公务，但一般来说旅途上应该是有很多乐趣的，可是一路上等待着伴四郎一行的，却偏偏是他们未曾料及的重重困难。他们出发的日子是万延元年五月十一日，换算成阳历则是 6 月 29 日。阳历 6 月末正是梅雨季节，而他们也遇到了连日大雨。

伴四郎一行出发那天，田井[1]的"濑渡（可以淌水步行过河的渡口）"里"水涨甚，其势强"。由于河里水位增高，渡河也费了不少事，而且还遇到了山体滑坡。第二天依然冒雨动身，半路上天才开始放晴。过了樫井宿驿站之后有间茶屋，在那里点了一杯酒，吃了章鱼当下酒菜，还吃了点饭。那间茶屋的名字就叫"蛸[2]茶屋"，所以看来章鱼应该是那里的名菜。之后又在堺吃了四个"馅衣饼"[3]，并且观赏了当地有名的松树，参拜了住吉大社，最后到达大阪。虽然因为大雨遭了不少罪，但总体还是很闲适的。

1　现冈山县高粱市高仓町。——译注
2　日语中表示"章鱼"的汉字。——译注
3　红豆沙在外，年糕在内的一种和果子。和果子中"饼"通常是年糕皮包裹豆沙馅儿，而这种豆沙在外的就称为"馅衣饼"。另外根据地域不同也称"牡丹饼""土用饼"等。——译注当天晚上，伴四郎一行在高丽桥附近的繁华闹市闲逛，看到了许多"美丽的辻君"。所谓"辻君"就是在桥头揽客的街娼，即江户所说的"夜鹰"。第二天虽是阴天，但由于淀川水位未降，枚方附近通行困难，所以在大阪又住了一夜。伴四郎在日记里提到，他们这时从宿驿官员那里拿了一张便条。应该是解释由于天气和道路的原因导致他们滞留，并以此作为日后交给藩主用的证明材料。在多停留的那一天里，他们去大阪天满宫参拜了天神，然后就一整天都在看戏。但由于看戏的人太多，为吉的烟管被偷了，于是伴四郎把他手头的烟管给了为吉。另外，伴四郎还买了大阪名产——虎屋馒头[1]，请名叫飞脚的加急信使寄到和歌山的老家。大概因为虎屋馒头既美味又有名，所以才特意请加急信使寄送。

所谓虎屋馒头，是位于大阪高丽桥三丁目的果子店——虎屋伊织[2]的名品。这个店发明了如今商品券的前身——果子票，并且在店里演示蒸和果子来吸引顾客，是京都大阪一代知名的果子店。这个

1　日语里"馒头"即蒸制的和果子，最典型的"馒头"是用小麦粉或米粉做皮、包入豆沙馅儿蒸制的。——译注
2　江户时代的"三都"，即大阪、江户、京都，都有名叫"虎屋"的果子店。其中大阪的叫作虎屋伊织，江户有进贡将军家的虎屋江织和虎屋高林，而京都的虎屋黑川则是现在的株式会社虎屋的前身。——译注

中山道道中宿场

场

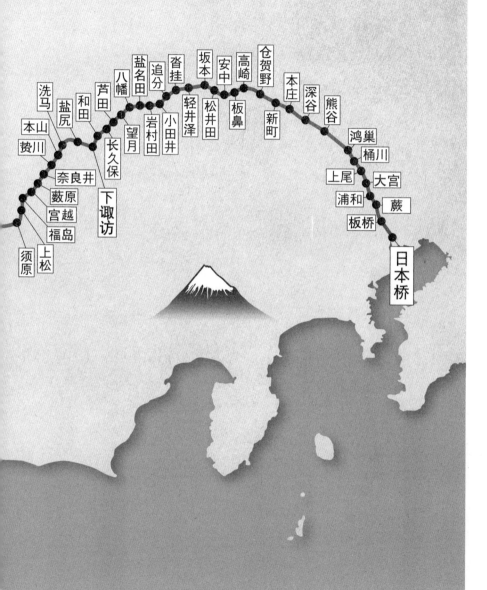

店铺本身也成为大阪的知名景点，很多旅人会特意前来参观。比方说嘉永五年（1852），武藏国大里郡村冈村（埼玉县熊谷市）的农民在旅行日记里记载，他们在去参拜伊势神宫的途中到访大阪，当地的向导领着他们去虎屋参观，他们对虎屋店里制作果子的厨房之大倍感惊叹。

虎屋伊织在明治时代以后就关店了，但现在的大阪鹤屋八幡继承了虎屋伊织的衣钵。顺便说一句，在京都的宫禁里长年担任御用制果师，然后随着明治二年（1869）迁都而进军东京的虎屋（虎屋黑川，即现在的 Toraya），跟大阪的虎屋伊织并不是同一家店。

在大阪连宿两夜之后是十四日，前一天夜里就开始下起了大雨，但是也不能总是停在驿站，所以伴四郎一行就冒雨动身了。路被大雨冲刷得坑坑洼洼，在这样的路上前进，到了一个叫作"毛马洗"的渡口，乘上了 30 石的船[1]。江户时代开始，利用各种河川的船运逐渐发达起来，成为连接各地的重要交通手段。伴四郎一行乘坐的就是利用淀川水系连接大阪和京都（伏见）两地的船。在河上行船

1　可以载重 30 石的船。江户时代连接京阪之间的淀川水系上的代表性船只。长约 15 米，宽约 2 米，深 0.55 米，可载 32 名乘客。——译注

的时候，去往下游的话可以顺着水势自然下行，但如果是去往上游，则要依靠风力，或者依靠人力，由纤夫拉纤绳或划桨。

过了枚方，在距离淀还有二里（约8000米）的地方刮起了"恶风"，导致帆船的桅杆折断。船里进了水，必须将船里的水舀出去，状况十分紧急。伴四郎在日记中写道，"众人生念皆无"，可见当时经历了一番怎样的恐慌。

提起枚方，那里的"食否船"非常有名，也称"煮卖船"。常常有大型客船在淀川上下游之间摆渡，而食否船则向这些客船叫卖"食酒否，食豆沙饼否"，然后划到客船边上，将酒食卖给客船上的乘客。这些小船得到了幕府认可，在当地对酒食贩卖进行垄断，所以有时近乎强买强卖。后来所称的"食否饼"即指他们卖的豆沙饼，所谓"食否茶碗"指的就是他们使用的廉价饭碗。伴四郎一行经过淀川时还遭遇到恶风，大概这时食否船也不营业了，伴四郎一行没有吃到食否船上卖的食物。

在那三年之后，日向延冈藩藩主夫人内藤繁子在旅行日记中写道："食豆沙饼一枚，焦臭难耐，绝无再食二次之理。"可见食否船上所售的并非什么好货色。

终于抵达了淀，却发现滞留驿站的人太多，找不到可以住宿的地方，所以伴四郎一行又返回船上，坐到了伏见，这才终于找到了可以投宿之地。他们一路上看到的景象，都是被冲垮的河堤，水淹到屋檐下的民家，街上已经漫淹成河，船在街上划行，确实是"前所未闻的大水"。

云助的午餐

五月十八日

（略）面前皆成河川，旷野田地人家尽淹成河，人死不知其数，民家尽为水冲走，实不忍卒睹。

无方，于吕久川强乘渡舟，川田皆乘舟所渡，行五里余，抵脸村上合渡。腹中空空，寻果腹之物，皆为水浸，遍寻皆无。终得食云助之餐，牛蒡烧麸浅渍萝卜煮染大豆，尽不可食亦不得不食，饮酒二杯，终得以喘息（略）。

途中雨还在继续下。本多下总守六万石[1]的城下町——膳所，被琵琶湖溢出的洪水所淹，水一直淹没到民家的房檐下面，平常淌水步行可过的小河也需要坐船才能渡过。大概是因为这一番折腾，十七日在赤坂宿驿站住下的时候，伴四郎感到身体不适，于是煎了一副叫作"不换金"的药喝了，还叫了按摩师，并感叹由于肩膀酸痛僵硬，所以按得很疼。

到了第二天即十八日，洪水导致旷野和田地全都被淹，所以在田野上也要坐船行进。受灾的人不计其数，伴四郎写道："人死不知其数。"在一个叫作"吕久川"的渡口坐上船行进了五里（约20000米），"川田皆乘舟所渡"之后，才终于在脍村一个叫"合渡"的地方上了岸。肚子饿得受不了到处去找食物，结果什么也没找到。最终找到的，是伴四郎称之为"云助之餐"的食物。所谓"云助"，是指在主要干道上给人抬小轿子的苦力。

这顿饭有牛蒡、烤麸、腌萝卜和红烧大豆，确实是比较简陋的饭食，但当午餐也足够了。但伴四郎说吃了饭又喝了酒之后才终

1　指近江膳所藩的第十四代藩主本多康穰。——译注

于"得以喘息"。即便是这种粗糙的云助之餐，但在这样的时候，只要有饭可吃就足够令人心生感激了。这顿饭钱是 22 文钱（约 440 日元），加上 24 文酒钱也不过是 46 文钱而已。而前一天在关原花了 116 文的饭钱，第二天在鹈沼则花了 182 文钱。每天花的钱数不等，在 100 文到 200 文之间。二十四日在熊谷的午饭花了 372 文（约 7440 日元），但非常遗憾的是伴四郎没有具体记载那天吃了什么。这样看来，至少从花销上来说，那天在合渡吃的午饭大概确实是"云助之餐"这类简陋饭食。

途中由于大雨作祟，很难吃到自己喜欢的食物。但是，十九日休息的时候，伴四郎喝了点酒（28 文），并吃了鸡蛋当下酒菜，后来又在二轩茶屋吃了三串烤鳗鱼，喝了一合[1] 酒。从伴四郎的日记来看，他不仅会在吃饭的时候喝酒，停脚稍事休息的时候他也经常喝点儿酒。另外，作为配酒菜的鸡蛋，应该是指白煮蛋。

伴四郎非常喜欢吃鸡蛋。之后二十日那天也吃了鸡蛋，二十一日也一边喝酒一边吃了鸡蛋（54 文）。一直到战国时代[2] 为止，日

1　衡量日本酒的量词，约 180 毫升。——译注
2　15 世纪末到 16 世纪末，日本列岛战争频发的时代。——译注

本人都没有吃鸡蛋的习俗，后来在前来日本的"南蛮人"（葡萄牙人等[1]）的影响下，才渐渐开始吃鸡蛋。到了江户时代后期，还有《玉子百珍》（《万宝料理秘密箱》）这种有关鸡蛋的菜谱出版，在江户也有很多卖鸡蛋的人沿街叫卖。

接下来我们来看看鳗鱼。伴四郎在日记中写道："自大津以来许久未食生鱼。"自从离开琵琶湖畔的大津，时隔四日才吃到的鲜鱼是鳗鱼。伴四郎吃的是蘸满酱汁烤制的蒲烧鳗鱼呢，还是不蘸酱汁的白烧鳗鱼？是蒸了之后去除油腻的江户风烤鳗鱼呢，还是肥厚的京阪风烤鳗鱼？遗憾的是伴四郎在日记里并没有具体记载。之所以没有记录下感想，也许是因为吃到的鳗鱼和以前在和歌山吃到的做法相同吧。至于幕府末期和歌山的鳗鱼，是江户风格的，还是关西风格的呢？这个我们就不得而知了。

伴四郎为了找饭食而劳心劳力，终于吃上简陋的"云助之餐"后才得以喘息。六天之后即二十四日，在东饼屋村（长野县小县郡长和町）找午饭吃，本想只要可以下咽就能勉强凑合，但最后伴四

1　当时日本处在闭关锁国的状态，只有南方的长崎港开放。以葡萄牙人为首的西方人，也都是从南方的长崎港进入日本，因此当时的葡萄牙人等被称为"南蛮人"。——译注

郎在日记中抱怨，他四处打听，各家都只有"冷饭菜"，也就是和云助之餐差不多的粗糙饭食。年糕饼也是"不盐梅"[1]，没有味道。于是伴四郎一行又走到了邻村，这才吃到午饭。这村子明明叫作饼屋村，而做的年糕饼却是"不盐梅"，真是名不副实。但在东饼屋村之前还有个西饼屋村，对于在那里吃到的特产年糕饼，伴四郎并没有在日记里写对它有什么不满，估计西饼屋村的饼不是"不盐梅"。

东饼屋村附近的道路，被称为整个中山道中最大的难关。而且从下诹访宿驿站到和田宿驿站之间，间隔超过 20000 米，陡坡也很多，旅人们在这里受尽辛苦。幕府在翻山越岭的路上设置了五个休息场，分别是落合、桶桥、西饼屋、东饼屋和唐泽。而且在东饼屋村设置了五间茶屋，并且给每间茶屋一人份（每天玄米五合）的补助。这些茶屋也都卖各自的特产年糕饼，如果有累倒、病倒在路上的旅人，这些茶屋的主人也会照顾他们。不过，这里的特产年糕饼却不合伴四郎的胃口。

---

1 "盐梅"即调味的盐和梅子醋，用来指饭菜的味道恰到好处。——译注

旅途中的名品特产

即便旅途艰辛，但伴四郎一行也与其他人一样，非常享受一路上各处的名品特产。在江户时代，连接全国各地的主要干道已经修整齐全，包括平民百姓在内，很多人开始四处旅行。因此，在旅人们往来的主要干道上有许多特产提供，供途经的人们享用。在这一节里主要介绍伴四郎所吃到的各地特产，所以与上文不同，这一节不是按时间顺序记叙的。

近江国的草津是东海道和中山道的分歧点，这里的特产"姥姥饼"广为人知。传说，六角义贤（承祯）[1]为织田信长所灭之时，将重孙托付给了乳母。乳母在自己的故乡制作年糕饼，并在干线街道上贩卖，由此养活六角义贤的重孙，而这年糕饼就是"姥姥饼"。姥姥饼是用红豆沙将年糕包住，再在豆沙上放一块小小的白色的年糕，样子令人想到乳母的乳房，因此叫作姥姥饼。至今也是草津的名品特产。伴四郎十五日曾投宿草津，吃了五个姥姥饼。

---

1 1521~1598，战国时代的武将。——译注

由于地狱不景气[1]而逃出来的阎罗王，在草津卖起了姥姥饼，跟自己的乳母再次见了面。
歌川国芳《道外净琉璃尽》（图为原画的局部，吉田收藏）
图片提供：虎屋文库

　　木曾道[2]中有很多地方的特产都是年糕饼。投宿在草津的第二天，在筱原村吃了筱原饼，再过一天又在折针岭吃了馅衣饼，十九日在十方木村吃了饼，二十日投宿在妻笼，并在日记里写道，"于各处食各色饼"，看来是吃了各种各样无法一一记载的年糕饼。木曾路在山中行进，上下陡坡很多，因此需要能让人补充体力的"力饼"。这些特产之中，有不少现在已经不复存在了。伴四郎在折针岭吃到的馅衣饼就是其中之一。折针岭是可以眺望琵琶湖景色的胜地，岭上的茶屋——望湖亭制作的年糕饼也非常美味，被称为"折针饼"

1　因为当时佛教兴盛，很多人给寺庙捐钱，由此获得进入极乐世界的资格，所以就有说法说"下地狱"的人少了，故称"地狱不景气"。——译注

2　广义上是中山道的别称，狭义是指中山道路过地处美浓国与信浓国交界处的木曾的部分，途经西起赘川宿东至马笼宿的 11 个驿站。——译注

而广为人知。但是平成三年（1991）发生了火灾，茶屋望湖亭被烧毁，特产折针饼也就没有了。伴四郎路过折针岭的三年之后，即文久三年（1863），上京的十四代将军德川家茂也途经此处，并且品尝了折针饼。估计是很喜欢吃，特意命人将饼送到住所。

二十二日，伴四郎一行路过了浦岛传说[1]中有名的寝觉村（长野县木曾郡上松町）。流经村子的木曾川中，有一块外表平坦的巨岩，传说中浦岛太郎从龙宫回来醒来时就躺在上面，所以也称"寝觉之床"。如今乘坐中央线的电车也能从车窗眺望到这块巨岩，估计很多读者都见过它。伴四郎也从临川寺的庭园出发，来参观传说中浦岛太郎垂钓的地方，他在日记中写道，有很多值得一看的地方。这里有名的特产是荞麦面，被称为"寝觉荞麦"，广为人知，也常被写在旅途指南中受到推荐。伴四郎当然也品尝了这道美味，花了64文钱（约1280日元），相当不便宜，但遗憾的是伴四郎没有写下对它的评价。

同一天，过了上松宿驿站之后走了半里（2000米），有一家新

1　日本的民间传说。传说中浦岛太郎跟着前来报恩的海龟一起进入了龙宫，回到家乡之后已变成白发老人。——译注

茶屋，那里的特产是蕨饼。伴四郎吃了蕨饼之后又吃了柏饼。不仅仅是中山道，各主要干道上都有各种年糕饼，这些年糕饼都是当地特产，蕨饼和柏饼也都是因此产生的。东海道日坂的特产就是蕨饼，猿马场[1]的柏饼非常有名。所谓"蕨饼"，是用蕨根的淀粉制作的半透明果子，在上面撒上黄豆面，在关西广为人知。现在蕨粉已经非常稀少，所以大多数的情况下是用马铃薯淀粉制作，并将这种淀粉称为"蕨饼粉"。在江户时代也有类似的情况，根据记载，有名的日坂蕨饼以前是用蕨粉做的，后来变成了葛粉。另外再多说一句，以前葛饼是用葛粉制作，但现在也大多用马铃薯淀粉制作。

五月二十三日，旅途已经过半，前面经历的重重困难也都过去了，伴四郎的日记中出现了不少关于享受旅途乐趣的记述。他写道，在栃木村吃到了栗粉饼，途中的主干道上看到了很多卖兽类皮革的店。考虑到当地的地形状况，这些兽类应该是熊和鹿之类。伴四郎在那里买了山椒鱼（百文，约 2000 日元），估计是准备抵达江户之后寄给和歌山的家人吃的鱼干。终于快到盐尻岭附近了，在那边的一轩茶屋吃了鸡蛋，而且在那里第一次见到了富士山。下了山

1　现爱知县丰桥市二川町和大岩町附近。——译注

岭就是洗马宿驿站，在那里有称为"改所"[1]的驿站管理机构。改所的工作人员说伴四郎一行的旅行手续有缺漏。他们十八日吃了"云助之餐"之后，漏办了应该送往下一站——美江寺宿驿站的前期手续（要通知他们即将投宿的下一个驿站）。于是伴四郎一行花了一铢黄金跟驿站主人协商调停，另外还给了驿站主人两铢黄金作为帮他们打点照看的辛苦钱，真可谓花了大价钱。虽说大雨带来的不便已经过去，但这下又要体会人情世故的难处。看来江户时代也是个有钱能使鬼推磨的社会。所谓一铢，即一两的1/16。当时使用的钱有黄金、银子和铜钱，各种货币之间有换算汇率，汇率常常变动，想要准确换算成今天的价格并不容易。但大体来说，当时的一铢黄金大概合今天一万日元左右。也就是说这一天的小段旅途就花了三万日元，着实高得让人心疼。关于江户时代的货币单位等请参考下一页中的表格。在前文中也对伴四郎记录的饭钱进行了换算。换算时参考了丸田勋先生所著的《江户时代的鸡蛋400日元一个！——从物品的价格来看江户生活》（光文社新书）一书。这本书记载的时代比伴四郎的时代稍早一点，是文化、文政年间（1804～1830）的情况，笔者由此推算了伴四郎时代的货币价值。伴四郎在江户生活的时候，

1　全称"贯目改所"，当时公家用的行李由驿马驮运，"改所"是负责测量行李重量然后测定运费的机构。——译注

刚好是幕府末期通货膨胀的时期，在换算时也把这个因素考虑进去了。

◉文化、文政期的三货制度

1两	4分	16铢		
6400文	1分	4铢		
银65文目	1600文	1铢		
	银16.3文目	400文		
		约银4文目	银1文目	
				约100文

1两 = 6400文 = 银64文目

1两 = 4分 = 16铢

银1贯 = 1000文目

银1文目 = 10分

◉ 换算成现在货币价值

1文	20日元
1两	128800日元
1分	32000日元
1铢	8000日元
银1文目	2000日元

根据丸田勋《江户时代的鸡蛋400日元一个！——从物品的价格来看江户生活》制成

镇静下来之后，伴四郎去了因武田信玄的古战场而知名的桔梗原，吃了粟饼，当天晚上投宿在下诹访的驿站。提起下诹访，那里的温泉很有名，当然，伴四郎一行也在下诹访泡了温泉，驱散旅途的疲惫。

二十五日一整天都行进在前往轻井泽的路上。伴四郎称之为"此处乃甚难所"，碓冰岭横亘在途中，伴四郎吃了有名的"岭力饼"来克服。这个饼的价格是55文钱，跟在其他地方吃到的饼相比是很贵的。另外在途中还吃了油炸莲藕当下酒菜，喝了一盅味淋酒。味淋酒是《太阁记》中记载的味淋醡，是由南蛮人带来的，在烧酒中混入蒸过的糯米，再加入酒曲制作而成。伴四郎在旅途中大白天也喝酒，看来是旅途中没有遇到什么困难。虽说是看三国掉眼泪，但伴四郎真是个令人担心的家伙。

不过替他担心也没有用，第二天还是吃了拍黄瓜喝了酒。在日记中特意写道"如火降般暑气甚强"，看来天气相当热，大概是为了祛暑才喝的酒。在那之后二十七日也配着乌冬面和蒸鲣鱼喝了一杯酒，二十八日吃了素面并喝了一合酒，貌似两天里都是上午喝的酒。

距离江户已经不远了，像之前一样，伴四郎一路享用各地的特产名品。到了高崎就进入了关东的地界，伴四郎发现很多食物都开始变得不一样了。过了安中宿驿站，在八本木村吃了油炸的芋馒头，在深谷吃了炸馒头，看来在这一带炸馒头是特产。关东地区盛产小麦的地方很多，另外也盛产棉花，估计很容易就能买到棉籽油之类吧，所以这些炸馒头等都是有地域特点的食物。

伴四郎一行于二十八日的八时（午后两点多）到达了最后的驿站——板桥宿。为了缓解长途奔波的劳累，并且为第二天进入藩主宅邸做准备，伴四郎一行人去女郎屋逛了逛，还叫了弹奏三味线的"新内"来表演。大概是因为明天开始就要在藩主宅邸里侍奉，所以旅途的最后一夜要悠闲地度过。所谓"新内"是"新内节"的简称，是江户净琉璃[1]中的一派，其特点是曲调哀伤。有时也会在宴席上进行表演，但在江户大多是在吉原[2]或者各种繁华地带，两人组成一组，抱着三味线进行流动演出。伴四郎一行听新内演出花了 100 文（约 2000 日元）。

1　净琉璃这一派离开舞台，在花街柳巷流动演奏，曲调哀伤，很受花柳街女性的欢迎。——译注
2　江户郊外有名的花柳街，位于现东京都台东区千束四丁目一带。——译注

江户之味·调味料

当时的调味料以酱油、醋、味噌为首，还有盐、味淋、砂糖，或者海带、鲣鱼干等主要调味料。其中大多数，即便到了江户时代中期，也还是由"上方"即京阪一带运送到江户。

最好的例子就是盐。日本西部的濑户内海沿岸各地，由于气候和潮涨潮退等条件宜于制盐，所以由濑户内海沿岸通过船运大量向江户运送盐。据说之所以吉良上野介[1]对浅野内匠头[2]不怀好意，就是因为内匠头拒绝传授给他能够制作优质食盐的赤穗制盐技术。可见盐在当时是贵重商品。

酱油也基本是由"上方"运送而来，享保年间（1716～1736）江户七八成的酱油是由上方所产。但是，从江户中期开始到江户后期，下总地区的铫子和野田（都属于千叶县）的酱油生产开始逐步正规化，山佐、Higeta、龟甲万这些至今闻名的著名品牌都诞生于此时。文政四年（1822）运送到江户的酱油有125万樽，但其中只有2万樽是上方所产。等到了伴四郎生活的幕府末期，送到江户的上方

1　吉良义央，江户时代前期的高家旗本，赤穗事件的当事人。

2　浅野长矩，播磨赤穗藩（现兵库县赤穗市、相生市、上郡町）第三代藩主。赤穗事件中被杀。

产的酱油就只有 500 樽了。在这样的情况下，也许伴四郎会想念家乡纪州和歌山产的酱油的味道吧。

关东地区制作的酱油，跟上方所产的淡口酱油味道不同，它们使用小麦的量较多，所以是香味较重的浓口酱油。这也是为了配合江户人的喜好而发展起来的制法。另外多说一句，据说将酱油的制法带到铫子市，使其后来成为著名酱油产地的，正是伴四郎的老乡纪州人。

味噌也因地域不同而各有不同。京都的白味噌、名古屋的八丁味噌都很有名。关东地区以北会使用米曲制作味噌，所以多是盐分较重的咸口味噌。不过在江户也有盐分较少、赤褐色的甘味噌。

另外，提到江户的饮食口味，必不可少的就是味淋，特别是下总的流山味淋非常著名。蒲烧鳗鱼就是使用味淋制作而成，不仅油光照人，好看又美味，而且香味浓郁，使人垂涎欲滴。

江户料理的另一个特征就是带有甜味。甜味是由砂糖带来的。在江户时代，通过萨摩藩可以将奄美和琉球产的黑砂糖运到江户来，但白砂糖和冰糖还是全部依赖进口。八代将军德川吉宗曾对这种状况表示忧虑，并力图将砂糖的生产国产化。随后渐渐地，本国生产的砂糖产量有所上涨。19 世纪之后，日本各地都出现了砂糖产地。

伴四郎的故乡和歌山藩也是知名的砂糖产地之一。现在在香川县和德岛县依然生产一种叫作"和三盆糖"的古法制糖，主要用作和果子的原材料。江户时代各种朴素的调味料逐步得到发展，渐渐形成了符合江户人饮食偏好的酱油和味淋等调味料，愈加深化了江户人的饮食偏好。

第二章

藩邸与江户生活

在江户的首次外食：荞麦面

五月二十九日

五半时分抵江户屋邸，居相马场之长屋，即刻更半袴携三人谒御用房而出（略）。（从中田町归来途中）购火筷、土瓶、风吕火口、竹制衣架、行平锅。腹空遂食荞麦二膳，而后归（略）。

　　五月二十九日，伴四郎一行终于抵达了江户。五半时[1]（上午八点半左右）抵达了位于赤坂纪之国坂的纪州和歌山藩宅邸的中屋[2]，并被安排在长屋入住。然后伴四郎一行立刻脱下旅装，换上了半袴

1　江户时代使用的计时方法是依据日出日落、太阳的位置所定的，所以每个"时辰"的长短不等，因此称为"不定时法"。将日出之时定为"朝六时"，日落之时定为"暮六时"。日出（朝六时）之后依次是五时、四时、九时、八时、七时，之后是暮六时，天黑了之后依然依次是五时、四时、九时、八时、七时，之后就是第二天的朝六时天亮。——译注
2　江户时代的大名们会有上屋、中屋和下屋。大名主要居住在上屋，中屋和下屋主要用作大名隐退之后的隐居之所，或者储藏物资，又或者在上屋发生火灾等紧急情况时临时居住。上、中、下指的是距离德川将军所居住的江户城的距离远近。——译注

（裤脚到脚腕处的平袴[1]）到大名日常处理事务的御用房去拜谒，并且办理了抵达江户后的各种手续。前一天晚上早早到达板桥宿驿站并且投宿，今天一早就抵达江户，估计就是因为知道这一天会行色匆忙。除此之外，向和歌山藩寄回的材料里写明了"泉州（大阪）樫之井满水""淀川满水""枚方堤往来受阻""美浓路鲶川满水""信州野尻、须原之间山崩"等途中遇到的困苦，以此说明他们一路上多耽搁了几天的原因。

第一次到江户赴任也会遇到很多不习惯的事情，所以有很多人照顾、帮扶他们。另外有六名武士是伴四郎的旧友，他们到伴四郎居住的长屋来看望他，并庆祝伴四郎一行顺利抵达江户。

伴四郎和他的叔父宇治田平三以及大石直助三人，住在同一间长屋，这是位于藩邸北侧相马场勤番长屋中的一间。据《南纪德川史》记载，它是一个很简陋的建筑。伴四郎（俸禄 25 石）及其叔父（俸禄 40 石）这个级别的武士所居住的长屋，通常的规格是一间半

1　半袴、平袴为同样含义，也称切袴、行灯袴。与之相对的是"长袴"，是礼服的一种，长袴的裤筒将脚包住并拖在地上 30 厘米左右。本书第六章第 1 节（第 231 页）的配图中，人们穿的就是长袴。——译注

隅田川以东、目黑川以西为江户的郊外。

《江户一目图屏风》（津山乡土博物馆收藏）

的门面（约2.73米），有三个小房间。

之后会介绍伴四郎的叔父，这里先简单介绍一下大石直助。直助是和歌山藩的武士大石常次郎的弟弟，其实就是不能继承家业的次子，但是也得到批准到江户赴任。主要原因是，伴四郎和直助都是平三衣纹道[1]的弟子，他们在江户的职务就是替主人管理穿着。直助在江户就任期间，可以破格领到一年10两俸禄和三人份的补助。另外还有一位是直助的弟弟，名叫民助，他和直助一样几乎每天都

1　即研究衣服装束的礼法。——译注

会出现在伴四郎的日记中。像他们这样的次子或者排序更往后的小儿子是不能继承家业的，所以对他们来说，能够到江户参勤赴任是很难得的机会。另外，跟他们一起从和歌山来到江户的扈从为吉也常常出现在伴四郎的日记中，但他到江户过了大约一个月后，在六月二十八日就回到和歌山了。

到御用房拜谒之后，伴四郎一行去了中田町[1]，在回来的路上买了不少东西，有火箸、土瓶、风吕火口（吹火用的竹筒）、衣纹竹和行平锅。火箸是烧炭时必不可少的。衣纹竹是用来挂和服的，也就是现在说的衣挂。行平锅是一种有把手、有锅盖的平底锅，一般是陶制的。这些东西无论哪一样都是今后生活中必不可少的，做好了这些准备，单身汉在江户的生活就由此拉开序幕。

买完东西，在回家的路上，伴四郎觉得肚子饿，于是吃了荞麦面。这是江户生活中第一顿在外面吃的饭。

现在我们提起荞麦，总觉得是细长的荞麦面条，但其实在以

1　现东京都港区赤坂三丁目。——译注

前一般是指用热水和荞麦粉做成饼状，可以蘸酱油或酱汁吃，称为
"荞麦搔"[1]。乌冬面是江户时代之前就有的，但细长的荞麦面，最初
称"荞麦切"，据说是到了江户时代初期，即庆长十九年（1614）才
诞生的。不过最近发现了一些新的史料，使荞麦面的历史可以上溯
到天正二年（1574）。和荞麦面团时为了增加黏性，最开始使用的是
米汤和磨碎的豆腐，后来直到江户时代中期，在元禄或者享保年间
才开始用小麦粉。令人意外的是，那时候无论是荞麦面还是乌冬面，

天妇罗店旁边开着夜鹰荞麦店，江户人很善于经营买卖。图为《柳
樽二篇》（局部，饭野亮一《寿司 天妇罗 荞麦 鳗鱼》，筑摩学艺
文库）

1　烫荞麦面饼。——译注

都是由和果子店制作的，后来才出现专门卖荞麦面或专门卖乌冬面的饭馆。笔者曾经工作的虎屋，留有在江户时代贩卖乌冬面和荞麦面的记录，也有盛荞麦汤的德利瓶[1]留存下来。

人们常说"关西的乌冬，关东的荞麦"，江户人着实很喜欢荞麦。喜多川守贞生在大阪，成人后移居江户，他写有《守贞谩稿》，并在其中对江户、大阪和京都三地的风俗进行比较。他说在幕府末期每一个町[2]都会有一家荞麦店。另外据说在万延元年（1860），江户有3763家荞麦面店，而且还不包括作为路边摊的夜鹰荞麦店。

直到现在，荞麦面也是典型的外食，在幕府末期的江户时代也是如此。寿司和荞麦面是平民百姓都可以享用的美食，价格也很便宜。手握寿司每个8文钱左右（约160日元），带汤的荞麦汤面或者蘸汁荞麦面也都是16文左右就可以吃到一碗。有个词叫作"二八荞麦"，有人说是因为荞麦面的价格是16文，所以根据"小九九"里面的"二八一十六"，就管荞麦面叫二八荞麦。另外还有一种说法，

1　一种细脖子大肚子的容器。——译注
2　指城市中的一小块街区。一个町约为9917.36平方米。——译注

说是因为荞麦面里用了两成小麦粉和八成荞麦粉，所以叫"二八荞麦"。不过，单以小麦粉作主原料的乌冬面也会在招牌上写上"二八"，这样看来"二八"指的应该不是原材料比例。估计最开始是因为价钱，后来才因为面粉比例的关系称之为"二八"的。歌川广重在《木曾街道六十九次／关原》中写有"三五，荞麦切，馄饨[1]"的字样，这里的"三五"应该就是指 15 文的价钱。

在流传至今的幕府末期江户荞麦面店里的菜单上，列在第一位的就是"御膳大蒸笼"，这是用上等蒸笼装的大份面，要 48 文钱。下一个就是荞麦 16 文，这里的荞麦既可以是带汤的荞麦汤面，也可以是不带汤蘸酱汁吃的蘸汁荞麦面。再下面是浇汁乌冬面（16 文）、霰饼荞麦[2]（24 文）、天妇罗荞麦（32 文）、花卷荞麦[3]（24 文）、卓袱荞麦[4]（24 文）、加蛋荞麦（32 文），最后是酒一合 40 文（《守贞谩稿》）。

1　即乌冬面。我们现在说的"乌冬"为日语うどん的音译，而原来在日语中乌冬面的汉字为"馄饨"。——译注

2　"霰"本指冰雹，在食物中用霰代指各种小块状的食物。霰饼指将年糕切成小块之后炸制的食品，有时也会加入豆类进去做零食。荞麦面上加各种小丁小块状的配料统称"霰饼荞麦"，但其配料不一定是年糕制成的，也有可能是鱼贝类的切块。——译注

3　装点有碎海苔的荞麦面。——译注

4　配有萝卜、胡萝卜等配菜的荞麦面。——译注

伴四郎在外就餐，最常去的就是荞麦面店。从万延元年十一月开始，一年里他吃了31次荞麦面，而且其中有14次还一边吃面一边喝了酒。伴四郎基本上都是吃比较简单的蘸汁荞麦面或荞麦汤面，但偶尔也会奢侈一下，吃一份天妇罗荞麦面（64文）、什锦浇汁荞麦面（100文），或者是荞麦御膳（80文）。伴四郎吃荞麦面的时候，总是吃"两个"，也就是说一次吃两碗。另外，将荞麦面盛在蒸笼上面也是江户初期的遗风。那时候有将荞麦用热水迅速氽烫一下，然后放到蒸笼上蒸制的做法，称为"蒸荞麦"。与之相对，在上方即京阪一带，即便是不带汤的蘸汁荞麦也是用盘子盛的，而不是用蒸笼盛。

《江户自慢》中也有关于荞麦面店的记载，写到荞麦面店里有卖上等的酒。这一点与《守贞谩稿》里记载的菜单相符。所以伴四郎一到荞麦面店就想喝点酒，也是可以理解的。不过《江户自慢》中说，纪州和面增加黏度时使用的是鸡蛋，江户与纪州不同，使用的是小麦粉，因此比较容易有饱腹感，吃不下第三碗。不过据说江户的荞麦面汤是无上美味，如果能把和歌山的荞麦面条和江户的汤合在一起，那就可以吃到"肚腹开裂"。另外，《江户自慢》里写道，一进荞麦面店就会被店家询问想吃汤面还是蘸汁面，必须迅速决定迅速回答，估计原田最开始对这样的江户风俗也不习惯。

江户的饮用水与"夜巡者"

自此开始要生活在江户的藩主宅邸中，首先最重要的就是要保障水的供应。日常饮水、做饭、洗脸洗澡，没有水的话生活就难以维持。但江户本是一个缺水的城市。天正十八年（1590）德川家康在江户建立幕府之后，展开了城市建设规划。首先，幕府计划建设上水渠，任命家臣大久保藤五郎评测水源并为上水渠选址，据说正是因为藤五郎水渠选址有功所以被赐名为"主水"（Monto）。而且因为水要清，不能浑浊，所以"主水"的读音，也要读成清辅音的"Monto"，而不能用通常所读的浊辅音"Mondo"。另提一句，大久保主水家直到幕府末期都一直担任幕府的御用果子师，他家的宅邸之内有一口名叫"主水井"的名井（《江户名所图会》），一定是因为做果子需要优质的水。

沿着图中右侧的坡走就是纪州和歌山的中屋。只能看到一点的是为了监测预防火灾的塔楼，那也是藩邸的一部分。对面是弁庆濠，远处的人家就是赤坂一带。这是伴四郎每天都会路过的地方。《江户名所百景》从安政三年（1856）开始绘制，至安政五年完成。

歌川广重《江户名所百景　纪之国坂赤坂溜池远景》（私人收藏）

　　幕府开府之后，江户的城市建设愈加正规化，将神田的山铲掉，填掉日比谷的海湾。由于平民百姓所生活的江户下町[1]是填海造出来的，所以即便挖井也挖不出适宜饮用的水，因而"万民皆叹"。伴四郎居住的和歌山藩赤坂藩邸附近，至今依然保留有"溜池"（今东京

1　下町即从事工商业的百姓所居住的平民区。——译注

从弁庆濠眺望赤坂见附方向
笔者摄影

都港区）这一名副其实的地名，那里本就是等下雨之后用于储存饮用水的。

宽永年间（1624～1644）开凿神田上水渠，由此开始对江户北部供水。首先要保障的就是德川将军居住的江户城和幕府直属的武士宅邸的供水。和歌山藩中屋所在的赤坂、四谷、曲町等地不在第一批供水范围内。承应三年（1654）玉川上水渠完工，由此各个大名的藩邸和百姓人家的供水才得以实现。

之后随着钻井技术的进步，江户的饮水状况多少有些好转。但直到幕府末期，在江户依然有人做饮用水的买卖。打井水然后送到要买水的人家去，或者把上水渠中涨出来的水用船运到难以获取饮用水的地方，又或者是用扁担挑着水桶叫卖。

伴四郎所居住的赤坂中屋，位于从赤坂见附沿着纪之国坂爬坡之后的高地上。宅邸后面就是江户的城门之一——四谷大木户，那里有暗渠与玉川上水渠相通。藩邸内详细的用水状况我们不得而知，但至少伴四郎一行会打水储存到自己居住的长屋里。他们所打的，就是由玉川上水渠引到藩邸之内的水。不过伴四郎的日记中与水相关的记载较少。除了六月二十八日五时"已汲水一荷"，七月二日"已汲水一荷"之外，没有更多的与打水有关的记述。所以与水相关的情况我们无法判断，也有可能正因为打水是每天都做的事情所以才没有特意写在日记里。另外他提到，六月二十八日的早晨，经常到藩邸来做买卖的商人岩田屋带来了四斗桶（72.16升），从大小来看，这桶可能就是为了储水用的。

但是，从七月十六日开始，伴四郎一行的用水状况发生了巨大的变化。从这天开始雇了打水的人，每天早上请他们送一荷

从多摩川上流羽村流出的玉川上水渠。一直流到内藤新宿町屋背后，过了四谷大木户之后变成暗渠。伴四郎也曾路过这个"河岸"。歌川广重《江户名所百景　玉川堤之花》，（私人收藏）

（两桶）水来。这水应该也是从经过藩邸附近的玉川上水渠中挑来的。之后会讲到（见本书第二章第 7 节"勤番武士与出入藩邸的商人"），有很多商人会到藩邸中来，他们支撑着藩邸内勤番武士们的日常生活。这些送水的劳力也是进入宅邸之中跟藩士们直接进行交易的。

与这些挑水的劳力相关，还有些有趣的故事。九月十六日，挑水的劳力问伴四郎，能不能借一分黄金。一分是一两的 1/4，对于下级武士和庶民来讲，这并不是小钱。伴四郎写道："不知其心者故拒之"，说自己拒绝了他。所谓"不知其心者"，是指不知道他是怎样的人，不知道他的身份，所以比较担心。

伴四郎管这些挑水的人叫"夜巡者"。也许他们是晚上在街上巡回的人，又或许是由大名们的宅邸共同安排的警卫人员。不过至少这些人可以进入幕末的和歌山藩宅邸中，也可以毫无顾虑地向藩士们借钱。可见在幕府末期的江户，隔断在下级武士和庶民之前的门槛并不高。由此看来，所谓"藩邸社会"中，也存在着不同身份的各色人等，并由他们各自的圈子交织重合构成。

关于挑水的价格，也根据距离不同而略有不同，大致上从 4 文钱到 6 文钱不等（《守贞谩稿》）。当然春夏季节里挑水的价钱也较贵。伴四郎另有一本记账本——《江户诘中小遣账五番》中，记载了他在抵达江户之后的第二年，即文久元年[1]的花销。这里主要记录了他在十一月十三日到十二月一日的花销。十一月末付挑水钱的账单花了

1　万延二年二月十九日（1861 年 3 月 29 日）改元，因此 1861 年二月十八日（阳历 3 月 28 日）之前称万延二年，二月十九日以后称文久元年。

一铢黄金。相当于现在的 8000 日元左右。由于没有其他记录所以并不能断言，但大概是一个月的挑水钱。看来如果做送水的买卖，同时为几家人送水，大概也能赚到不少钱。

作为手信的果子折

六月二十日
早上天气稍阴，前日得告知应携果子赴谒安藤，故令为吉往果子屋一探，并无所想之果子，即归，欲稍后再往之。

伴四郎第二天要去拜访安藤飞驮守的宅邸，别人告诉他最好事先准备好和果子作为礼物带去。看来从那时候开始，果子折[1]就是送人手信的首选。

安藤家是纪州和歌山藩德川家的付家老。江户时代的所谓"付家老"，是由德川幕府以及御三家等，选出的帮他们监督运营藩政

---

1 "折"本指包装和果子用的盒子。过去和果子是贵重的食物，所以要放在包装精美的盒子里。"果子折"这个词在现代日语里也继续使用，泛指各种送人的果子。——译注

的重臣之家。所以虽说是和歌山藩的家老，但安藤家在田边拥有38000石俸禄，也是一个准大名的级别了。而且实际上在明治元年（1868），安藤家也正式由朝廷认可成为藩主（大名）。安藤家的上屋在小石川金杉水道町（现东京都文京区），并且在巢鸭御驾笼町（现东京都丰岛区）另有下屋。伴四郎前去访问的应该是上屋。

伴四郎身为纪州和歌山藩士，在去拜访安藤宅邸的时候，对于带什么手信果子去也是思考再三，非常重视。他先让为吉去果子店看看，但没找到合适的，就暂时没买，准备之后再去看看。

第二天，二十一日，本来应该是去拜访安藤宅邸的日子，结果因为要去四谷的稻荷神社和祇园天王神社看抬神轿延期了。看来在这方面伴四郎也是颇为任性。一清早让为吉到坂下（从藩邸下坡的坡底）的果子店去，通知他们要延期一天再买果子。估计是让店家准备了特殊的果子。伴四郎选择延期再去拜访安藤家，而坚持要去看这个祭礼，果然在祭礼上看到了"极佳"的敲太鼓曲和角兵卫狮子舞[1]。然后许多人抬着两家神社的神轿"拥来"，可见相

1　也称"越后狮子"舞或"蒲原狮子"舞，起源于越后国西蒲原郡月潟村（现新潟县新潟市）。

当热闹。

终于到了二十二日，去拜访安藤家宅邸的日子。伴四郎让跟他一起住在长屋的大石直助帮他束了头发，让扈从为吉帮他穿了袴，佩上大小两把刀，并且临时让为吉随他同去。当然作为随从的为吉是要拿着手信果子的。虽说是去拜访安藤宅邸，但并不是说能亲眼见到安藤家主人。要先向管家说明来由，呈上手信果子，管家就会向主人传报，之后管家再出来告诉伴四郎主人表露出"极大欣喜"，这次拜访就宣告结束。对于伴四郎这样的勤番武士而言，去拜谒这些重要人士是必不可少的环节。

伴四郎准备了什么样的果子前去拜访呢？从身份来看对方与伴四郎有云泥之别，所以估计他选择了上等的果子。用料仔细，糖也用优质的白砂糖或冰糖的果子，被称为"上果子"。伴四郎这次前去拜访所买的果子花了 1 贯 119 文钱（约 22380 日元），这与伴四郎平常吃的 8 文钱或 16 文钱一个的果子相比，简直是贵重极了。

上果子在元禄时代（1688 ~ 1704）诞生于京都，很快就传到了江户。当时在江户开店的上果子店，大多是总店设在京都的"下行京果子店"，在江户是特殊的存在。不过后来随着时代发展，出现了不少江户土生土长的上果子店，还诞生了为幕府做御用果子的上果子店。

《江户自慢》中对江户的果子作了很多严厉的批评，我们来总结一下这些批评。

"果子比京都、大阪劣质甚多。（略）馒头尤为不高明，皮厚如娼妇之下腹，艺伎之脸颊"，这真是极强的批判。但是，《江户自慢》却称赞"饼果子[1]类即便非上等之物，亦非常美味，阿铁牡丹饼、永代团子、今坂饼等，模样亦好看风流"。实际上这些年糕类饼果子和年糕团子等，是由江户的庶民们培育出来的江户前[2]果子。其中也有不少像墨堤的莺饼和日暮里的羽二重团子这种流传至今的果子。

1　馒头多是用粉类制成面皮，再包裹上豆馅儿最后蒸制而成，而饼则往往是先将糯米等蒸熟，然后打制成的年糕类。——译注

2　"江户前"一词本指位于江户前方的江户湾。而江户的寿司所用鱼贝类多从江户湾中捕获，因此称为"江户前寿司"（见本书第一章第2节）。由此，"江户前"有了"江户风"的意思。——译注

顺利拜访了安藤家宅邸之后，伴四郎"主从"二人去了上野拜谒弁财天[1]神社，并在那里配着汤豆腐、煎鸡蛋卷和小咸菜喝了一合酒。然后走到浅草寺拜谒了一下，又喝了两杯甘酒，六时（下午五点左右）回了家。看来伴四郎在江户的生活真是有条不紊。

伴四郎意识到政变的发生

邀请大家一起看了伴四郎这么多的日记，如您所见，基本上伴四郎过得比较悠闲，记述的也大多是初到江户享受生活的内容，很难见到有关于政治和社会情势相关的记叙。不过在有些内容里也罕见地出现了伴四郎对政治局势变化的感想。

伴四郎刚刚开始江户生活没多久，六月四日傍晚，和歌山藩的付家老安藤飞弹守进入和歌山藩赤坂藩邸大殿的时候，有五十名左右的藩士"轰然并入"飞弹守的队伍后面。在这之前也派了一匹快马出去，不知奔向了"何处"，而且和歌山藩的重臣们都去了将军所

1　日本的财神。——译注

在的江户城。伴四郎在日记中写道，觉得"有何不稳之事"。

但即便如此，伴四郎还是带着扈从为吉到四谷附近"一游"，"买各色物"，到了六半时（下午六点左右）才回家。这天的记账本上记载了所买的东西，有束发髻时用的发绳、白砂糖、盖物（应该是一种食器）、线香、反古（旧纸）、牙粉、大葱，一共花了424文钱，的确是买了各色物品。

但是伴四郎回家以后，安藤飞骅守还是没有从殿上下来，藩士们穿的都是绑腿袴或者西洋袴（应该就是现在所说的裤子），用带子在膝盖下将裤腿系住，下面用细绳系成绑腿，这些都是适合战斗的服装。不过伴四郎一边想"有何异变之事"，一边渐渐睡着了。他觉得，好像发生了一些像自己这种下级武士，而且还是衣纹方这种职务的人所不能预测的事。

不过第二天早上起来，又恢复了与往常一样的状态。朝四时（上午九点左右）伴四郎去殿上出勤，在教导侍从们演练衣纹道之前先到厨房闲逛，还很悠闲地观看了"御肴料理"。不过叔父打听了一些前晚"异变"的相关情况。据说跟安藤同样是付家老的水野土佐守被勒令隐居，而且要在其领地新宫进行"慎"，也就是关禁闭。

伴四郎在日记中写道："人人大欢"，也就是说藩士们对这样的举措非常高兴。出现这种状况也有其原因。幕末的和歌山藩内，分为江户派与和歌山派（领国）两派，两派政见不同经常明争暗斗。和歌山派以经济官僚为中心，也就是所谓的改革派，他们的后台是已经隐居的德川治宝（十代藩主），治宝去世之后，改革派遭到清洗。而江户派的中心人物——水野土佐守，则借此机会增强了势力。被清洗处罚的改革派中有一人后来参加了坂本龙马的海援队[1]，他就是明治政府外务大臣陆奥宗光的父亲——伊达宗广。

水野土佐守的名字叫忠央，对学问有很强的兴趣。不过他之所以出名，还是因为在第十三代德川将军去世之后，在选择继任者时，水野与井伊直弼联手对抗当时风头很劲的一桥庆喜[2]，拥立和歌山藩的藩主德川庆福，使其最终成为第十四代将军，改名德川家茂。之

1　以从土佐藩脱藩而出的坂本龙马为中心结成的组织，私设海军，展开贸易，是一个公司和海军性质兼备的组织。——译注
2　生于水户藩德川家，过继给一桥家做养子，后来出任第十五代德川将军。——译注

前水野家代代都是将军家臣的家臣，即所谓的"陪臣"，据说水野对此有所不满，想要成为直接隶属于将军的幕府直臣，因此才采取行动拥立家茂。不过，这一年三月发生了樱田门外之变，因此水野的计划全盘破产，自己不仅被勒令隐居还要关禁闭。对于伴四郎一行来说，水野的落马让他们很开心。

伴四郎和叔父的工作

九月十四日

晴天，直助亦出勤，例行之刻起与叔父两人一同出殿。今日起直助与余二人交替留守，烧饭并防火，故留。原想一众皆出殿面上，叔父亦必定前往大殿，然有种种不妥之事（略）。

今天是和叔父他们一起出勤的日子。前面已经介绍过，和伴四郎一起在长屋里居住的，是伴四郎的叔父宇治田平三，还有大石直助，三人做的工作也相同。叔父性格散漫，时时会遭到伴四郎一行的反感。但即便是这样，叔父平三在工作上却是一个不可或缺的人物。

叔父宇治田平三的职位叫作"膳奉行格衣纹方",听起来很绕口,简单来说就是负责主公的装束。江户时代的大名和旗本武士,在江户城[1]中的时候自不必说,即便在自家宅邸或私下场合,也要穿着适合自己身份和场合的服饰。

虽说简单地概括为"装束",但其实根据时间和地点的不同又有很多琐碎的规矩。和歌山藩当然也会任命一些通晓衣纹道礼法和典章制度的人为"衣纹方"。宇治田家代代担任衣纹方的职务,平三也从年轻的时候就开始修行衣纹道,对于和歌山藩的衣纹方来说是个不可或缺的人物。但是,伴四郎日记中记载了平三的日常生活,跟在工作上被赋予重任的平三有很大不同,简直令人惊讶。

伴四郎的主要工作内容,就是在藩邸的大殿内一边接受平三的指导,一边再把各种服装的穿法及装束的礼仪等向扈从们传授。也就是说,叔父是伴四郎的上司,也是他的师父。可见叔父的衣纹道知识相当丰富,我们来看看他们的日常工作。

1　德川将军家的居所及幕府的政厅,也称"江城"或"千代田城"。——译注

有一天，在御用房担任日记方的根来运平太来访，他来询问新制的指贯（一种在脚踝处束起裤脚的袴）相关事宜，他让平三详细说明一下，并要求平三将其整理成文字第二天送过去。所谓"日记方"就是藩邸中负责记录起居注等的人，他来这边就是因为他要记录新制的指贯，于是来查问一下相关状况。他还问了如下问题。幕府的阁老们需要整理衣冠表现威仪时，会书面请求说他想穿袜（一种布制的袜子，外面再穿上鞋子），这是为什么？叔父当场回答说，本来打理仪容整理衣冠之时，必须要穿袜，而自从公家[1]零落以来就不必穿袜了，武家则是需要得到许可才能穿袜。伴四郎觉得从叔父身上"学习甚多"，对他十分敬佩。

　　有很多侍奉在大人们身边的扈从，也会来跟平三他们学习、演练衣纹道。扈从们要照顾大人们的生活起居，演练衣纹道对他们而言是必修的功课。

　　至今为止都是平三、伴四郎和直助三人一同进行演练，但从今天开始变成伴四郎和直助轮番出勤。叔父在演练衣纹道时是不可缺

1　侍奉天皇的贵族及上等官僚，负责礼法文治的文臣。"公家"与"武家"相对，可以理解为"公家"指天皇及其近臣，"武家"指幕府。——译注

少的人物，所以他每天都必须出勤。而剩下一个不出勤的，则要负责看家、防火、做饭。

伴四郎在进行衣纹道的演练时是怎样的情况呢，我们来看一下这个例子。

十一月二十四日

晴天，朝令直助为余结发，遂两人出殿，携五郎右卫门为伴，共携三人谒见三井大人，逢其家主之弟，遂令直助为御形，叔父在后、余在前穿衣冠，又令三井家来为御形，直助在前余在后着束带（略）。

十一月二十四日，叔父平三、伴四郎和直助三人，将五郎右卫门装扮成伴侍，一同访问了三井家。跟主人的弟弟寒暄过后，三井家两位家臣也来跟他们一起演练衣纹道。首先让直助当"御形"，平三站在他身后，伴四郎站在他面前为他进行穿戴衣冠的练习。之后又请三井家的家臣做"御形"，直助在前，伴四郎在后面进行了束带的演习。日记中所写的"御形"是指实验该如何整理仪容时的模特。

这里的"三井家"即为豪商三井家[1]，他们的家臣称为"家来"，指侍奉他们的佣人。三井家也有很多旁支，伴四郎一行具体访问的是哪家无从得知，但估计应该是三井家的嫡系本家。因为演练衣纹道之后，他们为伴四郎一行准备了宴席。汤是鲻鱼味噌汤，酒前小菜是鱼糕，什锦拼盘里有芋头、栗子、山药、鸡蛋卷、鲻鱼刺身、扇贝、生海苔和萝卜。伴四郎一行就着这些下酒菜尽情地喝了酒，然后又上了鱼糕味噌汤，又用大盘子呈上了芹菜、香菇、鱼糕和面筋，配着吃了米饭，最后三井家还以果子作为伴手礼给他们带了回去。不愧是名满江户的豪商三井家，款待伴四郎一行至此，令伴四郎也在日记中说吃到了"盛宴"。伴四郎带着平日跟自己交好的五郎右卫门来到三井家，或许就是想让他在三井家蹭宴席。

或许像三井家这样的大商人也需要衣纹道的知识，又或许对于经营越后屋吴服店[2]的三井家来说，有必要掌握衣冠束带相关的知识。不管怎么说他们都需要演练衣纹道，由此拜托和歌山藩来进行排演，伴四郎一行也因此来访。另外说一句，虽说三井一族销售的吴服都在

1　现三井财阀的先祖。——译注
2　现三越百货店的前身。——译注

京都总店制作，不过三井家本就出自和歌山藩的领地——松阪。

第二天，伴四郎作为代表去三井家当面道谢。之后二十八日那天，叔父又和伴四郎一起去了三井家排演，最后又受到了宴席款待，宴席上除了鱼糕味噌汤，还有鱼糕、幼鲕鱼、香菇、山药、芹菜的大拼盘和茶泡饭。估计那天去三井家之前，伴四郎也在心里暗暗期待着，一天结束时能在日记中记载怎样的盛宴吧。

下面来介绍一下伴四郎的勤务状况。五月二十九日抵达了江户的伴四郎，到六月三日那天才第一次出勤。但是在整个六月里，伴四郎只出勤了六天。而且这几天里也都是从四时工作到九时而已，用现代的计时方法来看，就是从上午十点到正午为止。他在不出勤留在家看家的日子里，则要负责做午饭。

七月的出勤状况没有记录。极端地说，一天都没工作也不是不可能的。八月里是从早上八点左右开始工作到正午，勤务时间有所延长，一共出勤了十三天。之后是九月出勤十一天，十月八天，十一月九天。大致就是这样的状况。

仔细读伴四郎的日记，就会意识到他确实常常在江户四处游走漫步，令人感到惊奇。不过看一下出勤时间就会明白，有这么多空闲时间无从打发，那当然要在江户各处逛逛了。

准备过冬与知名的阿铁牡丹饼

九月二十一日

朝时阴云，午后晴天，直助去往涩谷御屋[1]，游访竹内孙之进。余八时去往曲町，食名物阿铁牡丹饼及杂煮等，遂去往四谷，买暖桌之火钵，又买美浓纸，归后片刻直助亦归，余遂烧水，一众皆坐浴。

万延元年九月二十一日，换算成阳历则是 11 月 3 日，正是开始让人感受到凉意的季节。伴四郎去了藩邸附近的四谷，买了准备放在被炉里面的火盆，开始为来到江户后的首个冬日做准备。

1　即和歌山藩的下屋。伴四郎等居住的赤坂藩邸为中屋。——译注

买火盆之前，伴四郎先在曲町吃了牡丹饼。曲町离和歌山藩中屋所在的赤坂很近，换成现在的地理概念，就是千代田区的曲町、隼町和平和町附近。附近住着很多大名、旗本武士以及他们的家臣，所以自然就有很多商家面向他们做买卖，于是这里成了山手一带[1]最繁华的街区，从很久以前开始就"每日立市"，十分热闹。

　　将粳米和糯米煮熟，放在研钵中用捣杵，并简单地研磨，这个状态称为"半杀"，真是个可怕的名称。所谓牡丹饼，就是用研磨过的糯米做馅儿，然后在表面粘上煮过的甜小豆，或者撒上黄豆面而制成的食物，普通人在家里也能制作。宫廷中的女官隐语[2]称牡丹饼为"萩花"，牡丹饼的别名"御萩"就是这么来的。也有人说牡丹饼与御萩有区别，牡丹饼用整粒的小豆而御萩用豆沙，牡丹饼春天吃而御萩秋天吃，但不管怎么说牡丹饼才是两者的源头。伴四郎在日记中既写到了牡丹饼也写到了御萩，两词皆有

1　江户前期开始对江户城附近以及江户城以西的高地进行开发，称为"山手"，主要作为幕府家臣以及武士所居住的地方。与之相对的是"下町"，主要由庶民居住。现在东京市内交通的"山手线"是连接市内最繁华地区的环状线。——译注

2　从室町时代开始宫中女官们使用的一种委婉的表达方式，用文雅的词汇来描述日常的衣食住行。——译注

使用。

牡丹饼，是在春秋两季的彼岸日[1]里不可或缺的食物。在江户时代，也有很多人在家里制作牡丹饼，作为礼物相互赠送。伴四郎也在日记中提到，别人送他的牡丹饼"精良至极"。不过伴四郎平常所吃的还是在街边果子店里买的，还常常在日记中记载其事，可见他非常喜欢牡丹饼。

九月三日，伴四郎在芝日影町[2]的店里吃过牡丹饼之后，在日记里写下了这样的感想："此乃以白砂糖所制之物，甚甜。"可见他平常所吃的牡丹饼，大多为黑砂糖所制。伴四郎在曲町吃的，是曲町的知名特产阿铁牡丹饼。分别用小豆、黄豆面、芝麻制成三种颜色的小牡丹饼，是闻名江户的名品。店家离和歌山藩邸也很近，喜欢牡丹饼的伴四郎常常买来吃。这天他在记账本里写有"四十八文阿铁饼"。

1　在日本春秋两季祭奠死去的亲人及先祖之日。——译注
2　现东京都港区新桥附近，芝口桥以南。——译注

伴四郎喜欢的阿铁牡丹饼。

《新版御府内流行名物安内双六》

（局部，日本国立国会图书馆数字馆藏）

"助惣与阿铁，彼此临近皆美味"这一川柳句[1]，咏叹的就是位于曲町三丁目的助惣烧和阿铁牡丹饼。二者皆是伴四郎能够亲自品尝的，且具有代表性的江户名果子。这个助惣烧，指的是"助惣麸之烧"，是用小麦粉做原料，薄薄地摊开烤制，放上豆沙馅料之后叠成四方形的果子。通过"助惣如春日折起之暖桌被"这样的川柳句，可以想象助惣烧的样子。

顺便说一句，在此大约六年之前，于安政元年（1854）曾出现

---

1 由十七个假名构成的短诗。——译注

流言，说吃了牡丹饼就不会被炎暑之气所袭。于是各家纷纷制作牡丹饼，江户的捣米店里糯米和白米卖到脱销，面粉铺里小豆粉也卖到脱销。所以有大量的人拥到果子店买牡丹饼，非常拥挤（《随闻》）。

勤番武士与出入藩邸的商人

六月二十一日

（略）每日来售渍菜者曰胜助，多次邀余去访彼处，每每言之，遂与众人同道往之，大大受之款待（略）。

　　其实有很多御用商人，是可以进出藩邸的。以明治初年的情况为例，连九州佐贺的莲池藩（俸禄为 52600 石）这样的小藩，也跟五十家左右的商家有所来往（岩渊令治《旧大名家当主嫡子之食生活及东京商人职人》）。那在江户时代作为御三家之一，享有 555000 石俸禄的纪州和歌山藩，到底要跟多少商人往来呢？不过，虽然都称为出入藩邸的商人，但也分三六九等，上有与藩主及其家人打交道，将所需之物纳入藩邸的商人，下有面向勤番武士做小买卖的商人。

将做腌渍菜用的萝卜进行风干

《渍物早指南》国文学研究资料馆作《古典籍资料套册》(第0.1版)

伴四郎这样的勤番武士，也要从出入藩邸的商人手里购买调味料、食品，还有酒等日常必需品。而且勤番武士跟商人之间的交流，也并不局限于买卖交易。前面所列的日记中，就写到有个每天到藩邸里来卖腌渍菜的人名叫胜助，多次邀请伴四郎一行去他家玩，于是伴四郎和几个伙伴一起去他家，受到了宴请。这大概属于一种应酬。不过笔者倒觉得卖腌渍菜的商家，如果总是宴请别人，不会亏本吗？大家觉得怎样呢？

《江户自慢》中也提到了这些出入藩邸的商人。讲到每天都会有鱼店、菜店的商人来，而且夏冬两季的节气之时他们总会送来礼物。卖的东西也是明码标价，武士们也不必担心是否需要讨价还价。所以总体而言，勤番武士们的生活是很便利的。不过，尽管跟和歌山相比，江户的商人通常应对有礼，但其中也有一些店家，让人无法放心购买。比如，他提到芝日影町有一家旧衣店会"扮鸦为鹭"，需要小心。看来原田大概是在那里吃过亏。

勤番武士们不仅从这些商人手里买货品，也从他们那里打听坊间的各种信息。比如说七月二十日，从卖炖煮菜的商人那里听说"今日壹分银，只做十文目通用"。当时的货币，分为日常使用的铜钱、作为定量货币的金，以及以重量为单位的银。各种货币之间有换算比率，而这换算的行情则每天都会变化。而且幕府末期的江户物价飞涨，所以货币行情是非常重要的信息。当时有消息说，值一分金子的"壹分银"只作为银子 10 文目的价格换算，所以坊间传说要早点进行兑换。不过伴四郎认为"可疑"，没有跟风兑换。可见判断流言蜚语的真伪也是重要的生活智慧。

这个事情还有后续。同一天叔父在坂下附近听说，所有店铺都不收壹分银了。日常使用的货币出现了流通困难的状况，这实在棘手。不过据说这次风波，是因为有一些投机家妄图搅乱金银交换汇率行情，从而中饱私囊。第二天有十八个人被传唤，然后壹分银的流通也就恢复了。这些信息也是从上总屋和岩见屋的商人那里打听来的。

在伴四郎的日记中出现了很多常常出入藩邸的商人。伴四郎从岩见屋买酒、醋和酱油。另外也从叫中七的店家那里买酒。米是从平川町的大和屋买的。不过和歌山藩在大和屋预存了支付给各个武士做俸禄的米，如果自己没吃那么多米，份额有剩余，也可以兑换成现金。

位于四谷鲛河桥的上总屋，本是一个卖腌渍菜的店，伴四郎也从那里买味噌等物。另外也请上总屋帮忙清洗襦袢[1]或者修理木屐，有时候在买东西的途中会在店里寄存行李。在伴四郎的江户生活中，上总屋是不可或缺的存在。举个例子，七月五日拜托上总屋清洗"布襦袢"，八日付了洗衣费 20 文（约 400 日元）给

---

[1] 既可以指穿在正式的和服里的衬衣，又可以指单穿的简易和服。约等于现在的"衬衫"的词义。——译注

老板娘。除此之外，伴四郎没赶上在门禁时间前回家的时候，也会管上总屋借"小贿"送给守门人，看来伴四郎跟上总屋的交往着实密切。

《江户自慢》中也提到，出入藩邸的商人们会赠送夏冬两季的时节礼物。大和屋、上总屋、岩见屋都给伴四郎送来了素面（七月六日、九日）。六日那天还收到了红包，估计是庆祝七夕用的。九日那天，上总屋也送了直助一条毛巾，并写着"以做束发之谢礼"。直助平常会给伴四郎或其他勤番武士束发，看来他也给商人们束发。另外伴四郎还从柏屋收到了白玉粉，它后来变成了月见团子（见本书第六章第4节"月见团子"）。

九月二十四日，经常卖酒给伴四郎的中七，到伴四郎居住的长屋中来了。昨天还剩了一些猪肉，伴四郎想配着喝点酒，于是买了一合酒。他付了一铢黄金，本应找他280文钱，但中七找了他368文。于是伴四郎非常高兴，并称之为"八十四文（伴四郎原文如此）之德"。看来伴四郎也有如此重视钱财的时候呀。

不过，并不是所有出入藩邸的商人都能让人放心与其来往。十月二十三日的傍晚，相模屋的人将鱼强卖给伴四郎之后就走了。看来这些商人也会强买强卖。对照伴四郎的记账本来看，有一条记录说那天在藩邸内用 12 文钱买了"马鹿仁"（去除壳之后的蛤蜊）。除此之外并没有关于"鱼"的记录，所以这里被强买强卖的"鱼"应该就是指蛤蜊（不过偶尔伴四郎也有在日记或记账本里漏记的情况）。

七月二十八日

晴天吹南风，五时后登城，赤井白井二人去往演练场，来邀直助，上总屋言由前日大风所致，百文仅可买米四合九勺，实乃棘手，大和屋持糠来，岩见屋取折而来（略）。

从上总屋的人那里听说，前天刮了大风之后，米价上涨了。可见大风对米的收成产生的影响，直接体现在售价上。另外，大和屋的人送来了糠，这应该是做洗澡时的糠袋[1] 使用。出入藩邸的商人们都采用赊卖的形式，所以各人都要在账面上记录自己所买的东西和价格。伴四郎买酱油时常打交道的岩见屋，有一天来取"折"，应该

1　日本一种传统的清洁身体的东西。用棉布或者丝做成小袋子，里面放上米糠，洗澡的时候在身上按摩揉搓，相当于现在的香皂。——译注

就是来取伴四郎记录有交易信息的记账折子。伴四郎每个月整笔向岩见屋付账。

对于勤番武士来说，如果没有这些出入藩邸的商人，他们在江户生活将难以为继。另外也通过跟这些商人们的交流，勤番武士们才能够渐渐熟悉、适应在江户的生活。

勤番武士的"抗病记"

像伴四郎这样的勤番武士经常生病，常常在日记中出现脓疮、便秘、腹泻和风寒等病痛。不过其中有些病痛可以说令人不以为然，或者说让人觉得是自作自受。比如，伴四郎的叔父宇治田平三是个大肚汉，关于他的详细情况后面会讲，他即便腹泻的时候也会"（皆）食之食之"（八月八日），暴饮暴食，所以他拉肚子可以说是自作自受。

伴四郎的情况又如何呢？他常常以猪肉代替伤风药，然后还一边吃肉一边喝酒（见本书第三章第7节"以伤风为借口吃猪肉锅"）。

这样的事情经常发生,比如九月二十三日,在永代桥吃了永代饼,在两国回向院吃了淡雪配饭还吃了三个寿司,又在大通买了猪肉,在山下御门买了切段的生鲑鱼肉。他在日记中写道:"今日之食甚为奢侈,昨夜稍感风寒,以奢侈之食代为药。"虽说他强调是为了治伤风感冒才吃了这么多,但配着这些饭菜还喝了两合酒。这里提到的永代饼是指幕府末期流行的永代团子,淡雪应该是指将山药泥盛在豆腐上面的淡雪豆腐。

十月十九日,换算成阳历的话是 12 月 1 日,尽管伴四郎得了风寒身体不适,但还是去参观了庭园(见本书第五章第 13 节"雨中参观江户庭园")。在这样的冬日去海边,而且还遇上了风雨,简直被冻僵了。回来的路上去了荞麦面店,大家都点了热汤荞麦面,只有伴四郎点了鸡肉锅还喝了两合酒,之后因为着急赶路回家,酒很快就醒了。所以说没办法又在路上买了"金枪鱼鱼杂",回到长屋"因已自弃,饮酒三合"之后大醉。不过幸亏如此,出了不少汗,可见对于伴四郎来说,酒也是药的代替品。

在这之前,八月二十八日去四谷买东西时,说因为这两三天都没有排便,所以"食荞麦有二,以代药"。这次又把荞麦面说成是治便秘的药。至于这"药"到底起没起作用伴四郎没有写，所以我们也无从得知。如果都是这种小病小痛的话还好，不过跟伴四郎一同住在长屋的直助倒是得了一场大病。

九月二日

晴天，直助状如旧，然命根之浮肿稍退，悸动已平。（略）然甚挂心直助之事，医师亦已换三人，此番请御厨门番日利助之人，至今八日间已饮药五十服，效能皆无，浮肿亦不消，由此甚为气愤。令利助前来，大为责备，利助亦困惑，于是为令余心安，又曰邀尾张医师同来，请之。晚同道而来，意思亦相同，言暂且抱病坚持（略）。

直助生病最初的征兆是在八月四日那天。因为稍感风寒直助在家卧床，在那之后也没有恢复，到六日那天请医师玄润前来诊查，并请他开了药。从伴四郎一行刚刚来到江户时开始，玄润就一直照顾他们，就像现在所说的家庭医生。伴四郎在日记中写道，他"随侍村上与兵大人"，为"村上屋内医师"。可见玄润医师是跟随和歌山藩的村上与兵卫一同来到江户赴任的，在藩邸中也住在村上家。村上与兵卫家代代都担任和歌山藩的付家老，是享受3500石高额俸禄的重臣（《南纪德川史》第五册），享有藩邸内特赐的屋宅，还可以带着医师来江户赴任。

然而，直助的状态并没有好转，依旧发烧，到了七日那天，直助的弟弟民助去了位于赤坂一木的纪伊国屋，买了现在很有名的"泷胁退热药"给直助吃。但是直助依旧高烧不退，食量也变小了。从这时候开始，伴四郎把来看望直助的人的名字都记在日记上。十一日那天，五郎右卫门给了直助"枸杞之芽"，十三日那天铃村三之右卫门的家侍其之助带来了"富士山生退热"的"妙药"。枸杞的叶子有退热的功效，但妙药具体是什么就不得而知了。然而直助的病症却"愈愈不善"，愈加恶化，到了十五日那天"颜、足、阳具浮肿"，开始出现严重的肿胀。

对于直助的病情，大家都一筹莫展。十九日，大家带直助去看了名叫赤泽的西医，也请医生开了药。但在此之后也记载请玄润来给直助诊查，看来传统东洋医师和西医都看了。等到二十四日，又请藩邸内厨房的看门人利助开了药。这个人是纪州日高来的"业余医生"，看来是请玄润和赤泽诊治之后也没有进展，所以去找了业余大夫。但大概也是从哪儿听说了利助手段高明才去请他的吧。

在这之后就是九月二日的日记了，说直助的症状没有什么变化，但是命根的浮肿略有消退，心悸也有所缓和。话虽这么说，但毕竟换了三个医生、八天里吃了五十服药直助也未能恢复，伴四郎对这样的状况感到很生气，把利助叫来埋怨了几句。利助也束手无策，于是将他认识的尾张藩德川家的医师介绍给了伴四郎。不过那位医生也只是说，让直助再坚持一段时间。这其中令人感兴趣的是，即便是"业余"医生，也与其他医生有交往，有事的时候可以相互帮助。以前有人调研过幕府末期到明治时期的武藏国国分寺村（现东京都国分寺市）的医疗状况，认为当时的医生既有认真修学医术的，也有甚为可疑的人。看来在江户时代，是有这些"业余医师"的用武之地的。

直助的症状到了九月五日开始"终于好转"，到了十日则是"终于恢复"，这天直助还担任了做饭的任务。持续了一个月的直助"斗病记"终于结束了。不过我们也不知道到底是不是业余大夫的药起了作用。

第三章

男子入厨房

——江户的食材和料理

夏天的泥鳅

六月二十四日

八时后去往涩谷御屋内，叔父、余、为吉同道而往，小林留守，高冈留守，于小野田清助处少留，饮酒一杯，以干鲦、乌鱼、石鲈、芋薇之甘煮为肴，又食泥鳅锅，七时过后而出。（略）于百人町食汁粉有二，另于坂下食寿司有二，六时归。

伴四郎到江户大约一个月后，就迎来了他的首个江户之夏。这一天，伴四郎一行三人去拜访和歌山藩的支藩——伊予西条藩位于涩谷的藩邸，并在那儿受到了小野田清助的宴请。那天的下酒菜是风干竹荚鱼、乌鱼子、石鲈、芋头和甜煮薇菜，还有泥鳅锅。伊予西条藩起于宽文十年（1670），在这一年，和歌山藩初代藩主德川赖宣的次子松平赖纯，被封为俸禄3000石的藩主，即为伊予西条藩。其藩与和歌山藩的嫡系本藩亲好，藩士们乐于彼此来往交流。伴四郎也常常跟西条藩的藩士们来往。

这天的宴席上吃了泥鳅锅，恐怕很多人想到的是柳川锅。柳川锅是把泥鳅的头、骨、内脏都剔除之后剖开，再加上牛蒡片，放到砂锅里用味淋和酱油煮制，最后点缀上鸡蛋而成的料理。

柳川锅的历史并不长。《守贞谩稿》中写道，从文政（1818年起）年间开始，某个姓万屋的人，在江户南传马町三丁目（现东京都中央区京桥）开卖这种用剔除了头、骨、内脏的泥鳅煮制而成的汤。之后天保（1830年起）初年，在横山同朋町（现在的东京都中央区日本桥）有一个叫柳川的店，令这种泥鳅汤大为流行。柳川屋最开始只有四叠半[1]的客席，后来搬到临街的店面，成为极其兴旺热闹的饭店。

在此之前的泥鳅锅，都是将整条泥鳅放到锅里用味噌和酱油调的汤汁煮制，称作"丸煮"。一般的泥鳅汤16文一碗（约320日元），丸煮锅是48文（约960日元），而柳川锅则高达200文（约4000日

---

1 "一叠"即一块榻榻米草席的大小，约1.65平方米。——译注

元）。伴四郎一行吃的是哪种泥鳅锅呢？另外，幕府末期在江户卖泥鳅的店里，也卖鲇鱼锅、蒲烧海鳗、海鳗锅，等等。

泥鳅锅是伴四郎喜爱的食物之一。他在外吃饭时，一年里有九次点了泥鳅锅，比第二名的鸡肉锅（四次）多了一倍以上。估计他喜食泥鳅锅的原因之一是它价格便宜，但与此同时伴四郎应该也很喜欢泥鳅锅的美味。第二天二十五日，伴四郎小小地奢侈了一次，用400文钱（约8000日元）买了泥鳅锅和寿司。在记账本里他写道，购于"内"，可见是购自进出藩邸的商人之手。因为买的是涮锅，估计应该是店家做好送来的，从价钱上来看应该是柳川锅。不过伴四郎在一年之中也买了三次生泥鳅自己做，每次大概只花50文左右。

爱吃泥鳅的当然不止伴四郎自己。很多文章和图书都称泥鳅"味最鲜美"（《本朝食鉴》）或"味甚甘美"（《雍州府志》），可见有很多人喜食泥鳅。

制作泥鳅时，一般是做涮锅或者汤，也有用泥鳅烩粥的。另外还有比较不常见的做法，会将泥鳅做成寿司。不过泥鳅做的寿司跟鲫鱼寿司一样，都是"熟寿司"，是将鱼埋在饭里进行发酵制成的，

那时的泥鳅跟今日相比，是更为日常的食材。

《守贞谩稿》，东京堂出版复刻

然后不吃饭只吃鱼。根据记录，在室町时代会将泥鳅寿司作为贡奉宫中的美食，不过后来这种做法就渐渐消失了。

现在说起涮锅总觉得是冬天的食物，但泥鳅汤和泥鳅锅都是夏日季语[1]。夏天时，水渠、池沼，或是河流的水面附近都会泥鳅成群，所以在夏天能够捕到大量泥鳅。《江户自慢》中也提到江户的泥鳅是夏日菜肴。然而，在料理书中却将冬天的泥鳅列为上等品，大概是因为冬天的泥鳅特别美味。冬天干涸水渠的底部，有大量蜷缩着

1　"季语"是日本文学中的一个术语，日本俳句中要求必须出现恰好能代表季节的事物。因此各种有季节代表性的事物就称为"季语"。——译注

冬眠的泥鳅，把它们挖出来就成了上等的冬日泥鳅，因此它们也叫"穴泥鳅"。挖泥鳅则是冬日季语。

御鹰之鸽

七月八日

（略）为余束发，民助亦同，后寒川孙四郎同为束发而来，与之杂谈至正午。午后稍事休息，八时过后民助携御鹰饵物之鸽来，速烹之，众人移聚，食其尽，余饮酒。黄昏后去往众位之处，归途中往上总屋，交付洗涤谢礼（略）。

今天的菜肴是鸽子，而且还不是普通的鸽子。伴四郎在日记里写道，这些鸽子是"御鹰之饵"。所谓御鹰之饵，是说它们是猎鹰的饵饲。

当时只有少数获得德川将军许可的人才可以用猎鹰狩猎。伴四郎侍奉的纪州德川家，在江户郊外被赐予了一片广大的鹰猎场，称为"鹰场"。德川将军家的鹰场，还有纪州、尾张、水户这御三家的鹰场围成一圈，恰好将江户包围在其中。

鹰猎的主角当然是鹰，因此要小心伺候，有很多人负责照看这些猎鹰。鹰是猛禽，吃兔子或者小型鸟类，因此必须一直饲养一些小鸟，作为喂鹰的新鲜饵料。喂这些小鸟则要用虫，由鹰场附近的村子大量缴纳。因此对于附近的村子来说，除了要向领主缴年贡之外，又要向鹰场缴纳虫子，简直是双重负担。不知道伴四郎一行如何弄到的鸽子，但总之他们是从主公的御鹰嘴里抽到了回扣。

鸽子也有很多种类，江户时代的料理书中，认为"真鸽"适宜食用。真鸽在脖颈后面有一条黑线，属于珠鸽中的一种。制作的时候通常是做汤、炖煮，或者烤制。不过还有一种称为"鸽酒"的做法。就是将鸽子的骨头和肉棰扁之后涂上酒，烤至黄褐色再同味噌一起加酒炖煮，然后再撒上花椒或胡椒吃。

伴四郎一行烧火做鸽肉，看来是将它做了汤或者是炖煮着吃了。料理书中也有鸽汤这道菜名。另外还有一种叫作"浓浆"（浓味噌汤）的做法。是将味噌在研钵中仔细研磨加水稀释后再加入酒，然后将其均匀地涂到细细棰砸过的鸽肉上，最后将鸽子肉和与之等量的味噌放到锅里进行煮制，也可以多放些味噌。吃的时候再加入花椒味道更佳。不知道当时伴四郎一行是用味噌做的鸽子还是用酱油做的鸽子。另外，伴四郎说"众人移聚"，可见长屋中人都聚来品尝鸽肉，看来大家都很喜欢吃鸽子。

这天伴四郎束了发。他每个月大概会有七天束发，一般是请跟他同住的大石直助帮他束，每次给直助 20 文钱（约 400 日元）。请直助帮他束发也是为了节俭，但与此同时，对于补贴较少的直助来说，伴四郎付给他的钱也是他在江户生活的重要财源之一。除了伴四郎之外，寒川孙四郎、岛本兵库等藩士也会请直助帮他们束发，因此常常到伴四郎所居住的长屋来。另外，伴四郎偶尔也会请直助的弟弟民助帮忙束发。仔细读他的日记和记账本就会发现，不仅仅是在请直助帮忙束发之时，"陆尺"（即各种做杂役的下人）帮自己做事的时候，伴四郎总会给他们一些小钱关照他们（见本书第三章第 4 节"初次出勤与饭桌伴侣樱味噌"）。看来对于伴四郎来讲，当比自己地位低的人帮自己做事时，付钱给他们表达谢意是理所应当的。另外，伴四郎还请出入藩邸的上总屋家的老板娘帮自己洗衣服，并且付 20 文钱给她，这也正是由于单身赴任才出现的情景。

日记里还写道，五时到四时（晚上八点到晚上十点）之间，听到外面有婴儿哭泣的声音，刚开始伴四郎没有放在心上，后来听说是被遗弃在藩邸门前的弃儿，而且据说跟自己在家乡的女儿小歌差不多大，由此"大大落泪"。伴四郎将家人留在故乡，一个人来到江户赴任，由此情不自禁地感怀。

芋茎与长屋中的伙伴

七月十二日

天明时起降雨，晨间民助闲语而来。午时五郎右卫门赠余芋茎五株，速烧之为饭菜，亦遣一盘与五郎右卫门（略）。

当时的勤番武士们，也会互相交换赠送菜肴。那天，五郎右卫门送给伴四郎五根芋茎，于是伴四郎就立即将它煮好，作为午饭时吃的副"菜"，当然也送了一盘芋茎给五郎右卫门。这种武士生活，跟市井庶民在长屋的生活没什么太大的分别。

所谓芋茎即芋头植株的茎部，也叫芋头壳，晒干之后的芋茎常用来做炖煮菜，但生芋茎也别有一番风味。将生芋茎简单焯水去腥之后，做成味道清淡的汤，再放一些研磨过的姜末，令人能够忘记夏天的炎热。不过万延元年的七月十二日换算成阳历的话是 8 月 28 日，芋茎正是要过季下市的时候，所以很难判断伴四郎一行这时吃的是生芋茎还是干芋茎。

伴四郎将他做的芋茎盛在盘子里给五郎右卫门送过去，可见当时做的是没什么汤汁的红烧芋茎。送芋茎给伴四郎的五郎右卫门，是伴四郎的好朋友，姓矢野，职位是御小人[1]，也是个下级武士。五郎右卫门的名字，每隔不过三天必定会出现在伴四郎的日记中，伴四郎常常与他聊家常，有时也会一起高兴地讲荤段子，可见两人可以不必拘束地相互往来。

前一天是十一日，那天伴四郎请五郎右卫门吃了凉拌素面，看来五郎右卫门的芋茎也算是回礼。除此之外他们也经常互相赠送食物，盐用光了也会互相借用，有的时候还会用 1 贯 600 文钱来跟彼此交换成一分黄金，常常互相帮些小忙。对于伴四郎来讲，五郎右卫门和民助，还有跟他同住的直助一样，都是在江户生活中不可或缺的好朋友。十月十八日的日记里也写道，五郎右卫门送给伴四郎

1　江户幕府"五杂役"中的一个，主要负责侍奉女眷出入，并且在玄关等处侍奉、警备、搬运物品等。——译注

一些"炖煮沙丁鱼"。

　　五郎右卫门的名字并没有很早就出现在伴四郎的日记中，他第一次出现是在伴四郎到江户过了半个多月之后。六月十八日五时，五郎右卫门首次出现，首次登场就是"杂谈而来，说种种傻话"，聊了一个时辰（约两个小时）之后回去了。自此之后五郎右卫门就经常到伴四郎的长屋来访，而且从七月二日开始的八天里每天都来。如果将伴四郎的交友状况总结出来的话，要是有五天看不到五郎右卫门的名字，就会觉得他是不是生病了。当然他们不仅仅是聊天，也会一同去拜谒平川天神（现称平河天神），等等。

　　在伴四郎的日记中出现最频繁，经常和他聊天也常常一起游玩的，就是直助、民助这一对大石家的兄弟。直助是伴四郎修行衣纹道的同事，但是伴四郎在日记中称他们两个为"吝啬党"。另外，他还跟白井房吉、冈见菅吉、赤井丰吉等藩士经常来往，他们大多也都是下级武士。而且大家经常到伴四郎的长屋来玩，可见伴四郎是这些武士交友圈中的核心人物。在藩邸中，估计形成了几个这样的小"社团"。

不过话说回来，同是藩士的交往，也还是有亲疏远近之别的。

六月八日

（略）夜五时近藤兵马来访，种种世间漫谈间言及对弈，遣为吉往近藤处取棋盘，速速对弈一番，让其四子余胜，又遣为吉买汁粉，亦请兵马食，四时归（略）。

伴四郎一行刚到江户那天就去拜访了近藤兵马，兵马后来也常照顾伴四郎一行，六月里常到伴四郎家来。这天夜五时（晚上八点左右）兵马来访，闲聊中提到了围棋。伴四郎居住的长屋中并没有棋盘，于是让侍从为吉到附近的近藤兵马家取来棋盘，伴四郎让了兵马四子结果还是赢了。也许是赢了棋比较高兴，又让为吉去买小豆汤粉来请兵马吃。

第二天七时（下午四点左右）兵马来访，下了五盘围棋，伴四郎三胜两败。下棋的时候，聊到传言说之前落马的和歌山藩付家老水野土佐守（见本书第二章第4节）切腹自杀了。这个传言是错的，正是所谓的假新闻。藩士们相互往来，常常聊起本藩武士，或者是江户的街巷传闻。不过在此之后，兵马每次都要隔很久才出现在伴四郎的日记中，估计是两人渐渐疏远了。像这种事情在现代的人际往来中也很常见。

除了藩士之间互相传递各种信息之外，也能从其他人那里打听到各种坊间传闻。八月二十一日，来诊察直助病情的西医赤泽，聊起了德川将军的婚礼。这时的将军曾是和歌山藩藩主，也就是说曾经是伴四郎的主公，后来他成了第十四代将军，改名德川家茂。传说将军结婚的对象宣称是"天子（孝明天皇）之御妹"，但其实并不是天子之妹，而是伏见宫家的公主，家茂还在和歌山藩做藩主时已经有了婚约，所以新娘现在作为天皇的养女嫁过来。这传闻听起来挺像回事，但其实家茂的结婚对象确确实实是皇女——和宫亲子内亲王。可见藩士们聊天的内容里，有各种虚实交织的流言。

初次出勤与饭桌伴侣樱味噌

六月三日

朝出殿，主上正直御责马中，暂于内等候，拜见表厅处御座御舞台，遂往奥里，拜见御座间等处，遂于二层陆尺屋中休足，寄刀于此处，受龙之助关照。四时过后又往奥里,与众小姓侍从排演,买樱味噌为午饭(略)。

抵达江户之后过了三天,即六月二日那天,伴四郎一行得到指示,让叔父、伴四郎和直助三人第二天到"奥里",也就是内殿来。第二天早上他们去拜谒,但是当时主公大人正在"责马"(训练骑马),所以伴四郎一行就有了一小段时间的空闲。估计是本应向他们三个学习衣纹道的扈从,此时正在大人左右侍奉,所以不能按时回来跟他们演练。好不容易来到这里,于是他们就参观了"表厅",即讨论政事的政厅座席和表演能乐的舞台,又参观了作为私人空间的"奥里",那边有开酒宴的房间和各位贵族人士的房间。

他们在二楼陆尺的房间稍事休息。陆尺也写作"六尺",指抬轿子、扫除、做仆役等的杂役粗使。伴四郎一行在他们的房间休息了一下。此时帮忙关照自己的是龙之助,伴四郎在日记里记载,他是本家的侄子,估计龙之助是从领国和歌山带来的佣侍,或者是伴四郎认识的亲戚。伴四郎一行抵达藩邸的第二天,龙之助曾带着寿司作为伴手礼来看望他们。

带着大刀没法进行衣纹道的排练，所以伴四郎一行把刀也寄放在这里了。如果仔细读日记的话就会知道，伴四郎登殿（拜谒藩主正殿）之时，如果赶上下雨，就会把木屐和伞都寄放在陆尺的房间里。日记里说，伴四郎等登殿时需要穿得非常正式，但是并没有专门的地方给他们寄放行李，所以他们都是找自己认识的人暂时寄放一下。直助会将自己的行李放在在厨房工作的陆尺的房间里。后面还会提到，叔父嫌麻烦，把登殿时需要穿的草鞋藏在了厨房的木箱后面，结果被偷了（九月二十七日）。

在这之后龙之助也常常关照伴四郎，不过伴四郎也会给他一些钱聊表心意。第二年十一月末给了龙之助 295 文钱，又给了负责管理大人衣服藏品等的"纳户"陆尺 140 文，作为"补贴"。这应该是为感谢他们帮助伴四郎为回和歌山做的种种准备工作，因此给他们的谢礼。

帮厄从们演练完衣纹道之后，伴四郎买了樱味噌作为之后要吃的"午饭之菜"。记账本里记录买于"内"，因此应该是从出入藩邸的商人手里购买的。所谓樱味噌，是在麦味噌中加入切得碎碎的牛蒡和生姜，混合之后再加入糖稀和砂糖等调出甜味的拌饭酱。《守贞谩稿》里写道："小酱菜有樱味噌、金山寺味噌等。"金山寺也写作"径山寺"，据说金山寺味噌由中国浙江省径山寺的僧侣传到日本来，在麦味噌里加上瓜、茄子、生姜和紫苏，最后再加入砂糖和盐，然后发酵而成，可以用作下酒菜或者拌饭酱。金山寺味噌是伴四郎的故乡纪州的特产，后来普及到全国，自享保年间（1716～1736）开始在江户也大为流行（《嬉游笑览》）。即便在今天的和歌山县，依然会用金山寺味噌做拌饭酱，也会将它添加在用焙茶做的茶粥里。

但是伴四郎却没有选择金山寺味噌这一故乡的美味，而是执着于另一种拌饭酱——樱味噌。六月四日首次购入樱味噌后，在十八日、二十一日、二十三日、二十八日都另有购买，七月里买了10次，到十月二十九日为止一共买了35次。看来对于伴四郎来说，樱味噌是不可或缺的饭桌伴侣。每次购买樱味噌时的价钱有所不等，从一次8文钱到50文钱，最常见的是16文钱。这价钱的差异估计并不是由于品质高低导致的贵贱不同，而单纯是每次购买的量不同而已。拌饭酱有很多种类，比如说鲷味噌和用铁锅炒制的铁火味噌，就是具有代表性的拌饭酱。笔者也喜欢烫点酒吃烧味噌，最后再来上一碗荞麦面，简直是美极了。

下酒菜文蛤

七月十三日

去往四谷，即归。午间花十文买蛤，思以之饮酒一杯，然蛤食之无味，酒亦未饮，贫乏之甚。

贝类是当时的家常食材。文蛤、蚬贝、蛤仔还有蛤蜊（马鹿贝）、田螺等，有很多种类，各地的叫法也有所不同。另外，像鲍鱼这样的高级贝类，庶民是难以吃到的。说句题外话，中华料理中干鲍鱼是非常重要的食材，江户时代的日本曾经通过长崎港向中国出口鲍鱼。

很遗憾，我们的伴四郎并没有留下记录说他吃到了鲍鱼或者扇贝这种高级贝类。岛村妙子女士的论文记录了出现在伴四郎记账本中的贝类，我们来看看。

从万延元年十一月开始，到第二年文久元年十月为止的这一年里，伴四郎记录了文蛤刺身（七次，共94文）、马鹿刺身（马鹿贝

说起烤文蛤，首屈一指的就是桑名。与之相关的图画多有留存。
歌川广重《狂歌入东海道四日市（桑名）》（四日市市立博物馆收藏）

即蛤蜊，两次，共 32 文）、贝刺身（一次，12 文）、蚬贝（一次，
16 文）、生蚝（一次，12 文）。这些贝类从价格上来讲也很家常。不
过《和汉三才图会》中称蛤仔为"民间日用之食，价亦极贱"，但是
在伴四郎的日记中却看不到与蛤仔有关的记录，也许是伴四郎不喜
欢蛤仔的味道。松下幸子女士引用了本书的"旧版"，并认为在江
户时代大阪附近捕不到蛤仔，和歌山临近大阪，来自和歌山的伴四
郎大概因为长时间不吃蛤仔而不喜其味（松下幸子《江户食文化纪

行——江户美味探究》第82回、第108回，歌舞伎座官网）。

　　那么我们来看看伴四郎的日记。他买了便宜的，准备中午吃，花了10文钱（约200日元），本想用它当下酒菜喝上一杯。但是，这顿饭里的主角文蛤却味道极差，最后酒也没喝上。他管这样的状态叫作"贫乏"，正是买了便宜货最终却并不划算的例子之一。

　　即便如此，伴四郎也并没因此就长了教训从此不再吃文蛤，看他的记账本就知道他还是经常买文蛤吃。和其他贝类一样，最常吃的做法就是刺身，但是没见伴四郎提到过烤文蛤。《本朝食鉴》中说，烤文蛤为上佳，次之为煮，生拌亦可。一直到今天，烤文蛤都是最佳的下酒小菜。说起烤文蛤，伊势（现今的三重县）的桑名则非常有名，用松塔烧火，把文蛤连壳放在火里烤，最后倒上酱油撒上花椒吃。据说文蛤和松塔味道很搭，二者放在一起则会更上一层楼。伴四郎之所以没有吃烤文蛤，是因为他不喜欢烤文蛤的味道呢，还是说在江户大多只卖不带壳的文蛤肉，因此不便烤制呢？这个我们就不知道了。

鲻鱼潮煮

七月十八日

（略）午饭之际购鲻鱼一尾，因有剩余潮煮之，以此饮酒一杯独乐（略）。

伴四郎的日常饮食以自己做饭为主。因为他是单身赴任，就常常买些便宜的沙丁鱼，可见他是十分节俭的。不过除此之外，他也常买其他各种鱼，其中以鲣鱼和鲑鱼为首，他食谱上的鱼类要比想象中丰富得多。

今天伴四郎买了一条鲻鱼做午饭吃的副菜。他是如何调理这条鲻鱼的呢？日记里没有详细记录，就说把剩下的鲻鱼用盐水煮了，估计最开始是做成刺身吃了。

新鲜的鲻鱼适合做刺身或者水洗刺身[1]，另外也可以盐烤、红烧，做烤鱼、炸鱼，或者做成寿司以及鲻鱼拌饭都可以，有各种花样和做法。另外，还有一种比较少见的做法叫"鲻鱼脐"或"算盘珠"。

1　刺身的一种做法，用流水或者温水洗掉鱼身上的脂肪和腥味，然后浸在冷水之中令其收缩，最后再除去水分做成刺身。——译注

鲻鱼的胃部肌肉很发达，胃幽门的外侧形状像肚脐，把这个部位用盐来烤，或者腌制之后再烤都很好吃。

鲻鱼是一种"出世鱼"，即在不同时期有不同名称。各地的叫法也不太一样，但大体上来说，3 厘米长的鲻鱼叫"小白"，长大一点后叫"雏儿"、"走簾"，30 厘米左右的叫"稻鱼"，超过 30 厘米的成鱼才叫鲻鱼。"鲻鱼"能长到 70 ~ 80 厘米，这时叫"鲻鱼"。[1] 日语中有一句俗语叫"鲻到头儿了"，就来源于这一名称，指已经到了极限，不会再变大了。

"走簾"这个名称有些来头，据说捕鱼的时候会将竹簾放在水中，然后用竹竿将鱼赶到簾子上，看起来就好像鱼在竹簾上飞奔一样，所以才有了"走簾"这个名字。江户的走簾，从六月十五日山王祭和神田祭开始解禁，到了九月"泥味皆无，脂多，终于味美"（《物类称呼》），变得更加美味。另外，日语中称年轻人清爽利落有活力的样子为"鲻背"。关于这个词的语源有很多说法，其中一个说法称，江户时代日本桥鱼河岸的年轻人结的发髻形似鲻鱼之背，就

1　汉语中鲻鱼的名称也会变化，幼时叫青头仔，长大叫奇目仔，或者别称棰鱼等。——译注

是其词源。通过这样的词就可以想象，当时鱼河岸聚集着多少充满活力的年轻人。

伴四郎将吃剩的部分做了盐水煮鲻鱼，这种做法也叫"潮煮"。所谓潮煮，就是指用盐将鱼贝类腌入味之后制成有较多汤汁的炖煮菜。以前的料理书上写道，在海边取海水煮鲷鱼是潮煮的起源。用鱼头、鱼杂还有带骨头的鱼段做汤底，制成咸鲜美味的鱼汤。最常用的鱼就是鲷鱼，除此之外也会用鲈鱼、鳕鱼或者竹荚鱼等各种各样的鱼。另外有时也会放入文蛤或者其他贝类。

伴四郎做了鲻鱼潮煮汤，自己喝汤饮酒"独乐"了一番。在长屋中过集体生活，便于相互帮助，但反过来讲偶尔也会想独处一会儿。自己亲手做饭，小酌一番，在他们看来也是一种小确幸。鲻鱼料理常常在伴四郎的日记中出现，看来与现代相比，鲻鱼在江户时代更为流行。

还有另外一个跟鲻鱼有关的故事。十月二十六日，住在位于芝[1]

---

1 现东京都港区芝。——译注

的下屋里的辻八助，给平日里"挂心"自己的直助送来了两条鲻鱼。但是直助没有请伴四郎一行一起吃，而是说要跟弟弟民助"分食"，兄弟俩吃了独食。对于直助、民助两人将收到的鲻鱼吃光，一点都不请别人吃这件事，伴四郎感到很气愤，"实不知此为何事"。直到现在朋友之间也常常相互赠送食物，看来对于当时的江户勤番武士来讲更是如此。大概同住在长屋中的伙伴们彼此分享美食，已经成为一条不成文的规矩。伴四郎之所以如此生气，大概就是出于这个理由。不过直助只跟弟弟分享了鲻鱼，大概也并不是事出无因。

纪州和歌山藩是仅次于德川将军家的御三家之一，是拥有超过50万石俸禄的大藩，在江户也有超过二十处的藩邸屋宅。看来住在各个屋宅的藩士们彼此往来密切。

以伤风为借口吃猪肉锅

八月二十五日

（略）今朝起稍感风寒，流涕，故入荞麦屋，众人皆食茶碗所盛乌冬。余代药食蛸长芋莲根之甘煮，以之饮酒二合，明日亦代药饮酒一杯，半途百文买生豚（略）。

伴四郎染了风寒，从早上开始流鼻涕不止，非常苦恼。但他的食欲并没有减少，傍晚跟同事一起去拜谒了平川天神（现称"平河天神"），然后又花了12文钱买了三个"芋羹"吃。所谓"芋羹"，是在琉球芋（即红薯）中加入栗子和砂糖熬煮，晾凉后做成的切块。回家的路上去了荞麦面店，在那儿点了章鱼、山药和甜煮莲藕做下酒菜，还喝了两合酒，声称以之代药。食欲旺盛得让人很难想象他正在患伤风感冒。除此之外还说，明天还要以酒代药喝上一杯，然后花了100文钱（约2000日元）买了生猪肉。伴四郎去参拜的平川天神宫北侧，"有贩兽店，寒中多助"（《江户砂子》），也就是说有很多卖兽肉的店，俗称"兽店"。另外，这些店里卖的动物种类也很多，解剖动物时有很多人围观看热闹。

众所周知，过去日本人没有吃四脚动物肉的习惯。不过虽说避讳吃肉食，但其实偶尔也为了滋养和健康吃野猪肉和鹿肉。这种肉食当时称为"药食"。卖肉的店叫"兽屋"，这些店往往会在招牌上写上"山鲸"。特意用山鲸代指野猪，可见当时买肉吃不是什么值得夸耀的事情。当时民间隐语俗称野猪肉为"牡丹"，称鹿肉为"红叶"。

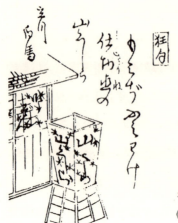

在江户时代有人以"山鲸"之名吃野猪肉。
《诽风种瓢十五集》，太平书屋复刻。

伴四郎很少吃野猪肉，却常吃家猪肉，在外面吃饭的时候也会点猪肉锅喝酒。不过，多数情况下是伤风感冒之后，声称以猪肉为药。不过看到他在日记里也写过"买豚，大食"，让人觉得以猪代药不过是借口而已。

前一天花了100文钱买了生猪肉，第二天"代为风药，以豚饮酒三合"。酒是喝了不少，但是猪肉的具体做法却没有详细记载。

儒学者松崎慊堂不仅吃牛肉和猪肉，连羚羊肉和猴肉也吃过，他在日记里写道，制作这些兽肉之时皆为炖煮。在当时的日本，鱼主要是烤着吃，但兽肉却没有烤着吃的习惯。说起来，明治文明开化的代表食物，就是"牛锅"。根据《武江年表》记载，庆应二年（1866）时，在江户出现了很多卖牛羹的，也就是牛肉汤的店家，看来它是在幕府末期流行起来的。不过，对于日常并不习惯吃肉的人来说，兽肉膻臭刺鼻，因此做法多是跟野猪肉相同，用味噌或者酱汁腌制调味之后，跟葱一起炖煮。

那炖煮猪肉的时候用什么样的锅呢？有川柳句说"下次再不相借，弃锅"，说的就是把锅借给别人之后，被用来做了肉，锅变得膻臭，于是主人将锅扔了。可见如果用砂锅炖肉的话，肉的味道就会浸入砂锅中。所以估计炖肉的时候多用铁锅，伴四郎用的大概也是铁锅。日记里提到八月十七日去买了烧锅，大概这就是指做肉用的铁锅。

从幕府末期开始一直到明治时代，出现了很多新的事物，刚才提到的牛羹的流行，也是符合幕府末期时代背景的现象。根据《守贞谩稿》的记载，位于伴四郎所居住的和歌山藩中屋附近的曲町，也开了一家兽肉店，可见幕府末期在江户各处卖肉的店铺多了起来。横滨开港以后，养猪的地方也变多了，"打出招牌卖鸡锅、豚锅等锅烧"。已经没必要再用"山鲸"这样的伪名了，看来肉食已经渐渐为人们所接受。提起锅烧，很容易想起现在的锅烧乌冬面，不过在江户时代，是指用味噌和酱油调味炖煮鱼或鸡、边煮边吃的一种料理。

另外，在伴四郎的故乡和歌山，有一位跟他几乎生活在同一时代的武家女子留下了一本日记，在日记中提及为家人煮牛肉之事，可见当时肉食比我们想象的要更为普及（《小梅日记》）。总之，像伴四郎这样的下级武士，多次提到吃猪肉锅，令我们能够感受到幕府末期的时代变化。

多说一句，和歌山藩主德川庆福，即伴四郎曾经的主君，后来成为第十四代德川将军（改名德川家茂）。当时跟他争夺将军之位的一桥庆喜（后来成为第十五代将军）非常喜欢吃猪肉，因此被称为"豚一殿"[1]。

---

1 意为"喜食猪肉的一桥大人"。——译注

间食红薯

九月八日

黄昏之时民助来，请其食芋，后八时寥寥饥甚，食所余之蒸芋。五时民助归，朝五郎右卫门来，言其烧芋粥，然盐尽，遂分少许与之（略）。

傍晚民助来长屋玩，伴四郎请他吃了蒸红薯，到了第二天八时（午后两点）左右，实在是闲饥难忍，于是伴四郎自己吃了剩下的蒸红薯。说"寥寥饥甚"大概是午饭没吃饱，又饿了。日语中管下午吃的间食叫"八点心"，据说就是因为要在八时左右吃。这一天伴四郎吃的间食，就是蒸红薯。

在此三天前，伴四郎买了今年的第一贯（约3750克）红薯，花了50文（约1000日元）。红薯易于保存，而且也有多种花样和做法。

买了红薯之后的第二天，做了薯茶粥当早饭。所谓茶粥，是用茶汤煮的粥，有的时候也会放红薯进去。直到现在，在和歌山仍有

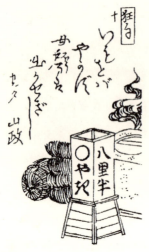

十三里和八里半都是指烤红薯。

《诽风种瓢十七集》，太平书屋复刻

早上吃茶粥的习惯，看来伴四郎很愿意享受故乡的美味。

　　把红薯等拌在饭里做成什锦饭，可以省米，因此伴四郎一行常吃。200文目（约750克）的红薯相当于四合米，对于下级武士们来讲，又好吃又节省。前几天送芋茎来的五郎右卫门也做了红薯粥，不过他的盐用光了，来向伴四郎借盐。看来住在长屋里的大家都很喜欢吃红薯粥。另外，同住在长屋中的伙伴们会彼此共享食材和调味料，这也让人感到十分有趣。

伴四郎除了用红薯做粥，或者蒸红薯吃之外，也收到过烤红薯。《守贞谩稿》里提到，在京都和大阪有很多卖蒸红薯的，但是在江户几乎都是烤红薯，价钱也比京阪便宜，店家的数量多得数不清。另外还说在京阪一带多是喊着"热乎乎、热乎乎"走街串巷地叫卖红薯，但在江户没有见到卖红薯的流动摊。不过在现在的东京，沿街叫卖烤红薯的小皮卡车，已经成为冬天的一道风景线，在此之前是用三轮车卖。通过卖烤红薯也能感受到时代的变化。

另外，红薯在关东和关西的叫法也不一样。在江户叫作"八里半"，在京都叫作"十三里"，都使用了表示距离的"里"字。据说是因为栗子的日语发音与"九里"相似，关东人觉得红薯的味道比栗子稍逊，因此用隐语称之为"八里半"，而关西人觉得红薯味道好于栗子，因此隐喻为"十三里"。这个差别，与其说是关东、关西的饮食偏好不同，不如说是因为两地之人的性情不同。[1]

除此之外，伴四郎还在日记中提到了红薯羹和红薯馒头，还有油炸红薯馒头。可见当时已经开始用红薯做果子了。

1　通常认为关西人不重视面子，而比较注重实用性。作者说两地之人性情不同，是指关西人愿意接受红薯，而不会觉得吃红薯低人一等。——译注

提起红薯，很容易想到被称为"甘薯先生"的青木昆阳。昆阳写了一篇《番薯考》（1735 年刊行）来论述红薯的可用性，因大力普及红薯而出名。

其实，日本自 17 世纪 60 年代以来就栽种了红薯。最开始红薯从中国福建以及菲律宾的吕宋岛传来，在琉球和九州萨摩藩栽种。后来以西日本地区为中心展开了栽培，由于青木昆阳等人的推广，红薯在关东地区也普及开来。红薯最初被重视的优点，是易于栽培，被作为救荒作物看待。但在宝历年间（1751 ~ 1764）已经出现了"铫子产的红薯为上品，伊豆大岛产则为绝品"这样的说法。由此可见已经有地方以红薯为当地特产，可见红薯生产得到了很大的发展。

另外，日记最开头提到的民助，于五时（晚上八点左右）吃了红薯之后就回去了。他每天早晚两次都会来，到处抢别人的烟抽，伴四郎在日记里揶揄说，民助虽然抽烟自己却从来没带过烟盒。

黄鸡和水饨

九月十八日

（略）于日本桥近边徘徊，食御荻。京桥前有店售黄鸡锅，遂入店，然待黄鸡锅上桌，甚硬，又有腐味甚臭，油气聊无，实乃败兴，食之一口即返之与店家，令其以蛤锅替之，以之饮酒一杯。归途试一物曰水饨，食一碗，不过乃味噌汁中乌冬而已，岂乃我辈之食，实是折助之食物。后于坂下买鲭盐物一条，以此改口食饭。今朝特为寻美味而往，实乃败兴至甚也（略）。

今天天气阴，本来跟直助和民助说好要去浅草逛逛，但是因为天气不稳定，后来改成了去日本桥。吃了御荻之后，在就快到京桥的地方，进了一家吃黄鸡锅的店。"黄鸡"本来指全身覆盖黄褐色羽毛的日本产的鸡，不过到了伴四郎的时代，就变成了泛指鸡的总称。

黄鸡锅，是指将鸡肉和葱一起用味噌和酱油进行炖煮的料理，这种制作方法就叫作"锅烧"。日本印刷发行的第一本料理书《料理物语》（1643 年刊行）中，列举了十八种禽类的名称。它们是鹤、天鹅、雁、鸭、雉、长尾雉、黑水鸡、灰头麦鸡、鹭鸶、夜鹭、鹌鹑、云雀、鸽、鹬、秧鸡、斑鸫、麻雀和鸡。我们现在做禽类料理时最常用的鸡，在当时是排在最末位的。过去日本并没有吃鸡肉的习惯，后来渐渐普及开来，到了江户时代鸡肉开始被写进料理书里。即便是这样，也有相当多的人不喜欢吃鸡肉，看来江户时代的人们对食物的好恶，跟现在的我们也没什么太大的分别。

在江户时代规格最高的是鹤，会出现在大名等有身份的人的正式料理中，尤其是德川将军在鹰猎时捕到的鹤受到高度重视，是赏赐给家臣或者大名的珍禽。第二位被重视的，是鹰猎时捕到的天鹅，有记录说德川将军家将盐渍的天鹅上贡给天皇。不过，一般大家喜欢的禽肉是鸭肉，很多料理书中都有提及。

顺便说一句，江户时代的鸟店里，既卖玩赏用的小鸟，也就是宠物鸟，同时也卖肉食禽类。江户时代流传下来的绘图小说中，画有武士们在鸟店买禽肉，一边等着店家帮他们宰杀处理，一边聚在鸟店门前逗弄宠物鸟的场景。

回过头来我们再来看看伴四郎的日记。九月十八日，想要吃黄鸡锅进了京桥的一家店，但是这里的鸡"甚硬"，而且有一股腐臭味。一点油水也没有，实在不是什么好货色，吃了一口就还给了店家，让其换了文蛤锅上来。伴四郎平常很喜欢吃鸡肉锅，不过这次点得实在失败，于是赶紧换成了文蛤锅。

感觉伴四郎这天就没有美食运，回家的路上尝试了一种叫作"水饨"的食物，其实就是在味噌汤里放进了乌冬面而已。伴四郎说这根本不是自己这样的武士吃的东西，而是"折助"，也就是侍奉武家的仆役吃的东西，发了好一顿牢骚。最后在日记里总结道，好不容易特意出来寻找"美味"，却"好不败兴"。没办法，最终买了一条盐渍鲭鱼，回到长屋吃了。

鳗鱼手信

十月二十五日

（略）行往黑田天神，于中田町逢各啬党，又作别。参谒天神，于此前食泥鳅豚锅，饮酒二合。自此处出，遂入一木之鳗鱼屋，以鳗鱼二钵饮酒二合，早食至不得不食，大醉，归家，以鳗鱼及烧芋为手信，醉话（略）。

这天叔父和"吝啬党"结束了工作，中午就出去了，伴四郎也练习了三味线，回来的路上拜谒了"黑田天神"。这里说的黑田天神，是指九州福冈享有52万石俸禄的大名黑田家（位于赤坂溜池）供奉的天神，江户人都很信奉这黑田天神。在江户有很多大名的宅邸，偶尔也有像黑田家这样的，自己家里供奉的神成了大家都信奉的流行神。

去拜天神的途中伴四郎偶然遇到了直助、民助这对"吝啬党"，然后又分头行动。参拜完天神之后，伴四郎进了天神宫前面的一家店，吃了"泥鳅豚锅"，喝了两合酒，估计是分别点了泥鳅锅和猪肉锅。之后回家的路上走到藩邸附近一木的时候，又到鳗鱼店点了"二钵"鳗鱼，又喝了两合酒。伴四郎一共喝了四合酒，肯定是要醉的，日记里写有"大醉"这样的文字，然后还在日记里发了不少牢骚。在第二家店里点了二钵鳗鱼，一钵（即一盘）里是只有一串呢，还是有两串？此时已经吃过了泥鳅锅和猪肉锅了，因此估计是每盘只有一串。

做鳗鱼的时候，可以做白蒸鳗鱼，也可以加醋凉拌，有各种各样的做法，但日常最为多见的就是蒲烧。把鳗鱼剖开，去除骨头，刷上酱汁之后烤制的就是蒲烧鳗鱼。不过以前在室町时代，并不把鳗鱼对半剖开，而是将圆滚滚的鳗鱼直接上火烤，之后再切，然后刷上用酒和酱油做的酱汁，或者蘸花椒味噌吃。据说圆滚滚的鳗鱼直接插到竹签上的样子，形似香蒲的花穗，因此才有了蒲烧这个名字。跟日语中鱼糕[1]的名称——"蒲钵"的由来异曲同工。蒲烧这种做法，也用来做海鳗、鲇鱼、狼牙鳗等，不过最经典的还是鳗鱼。

蒲烧是体现江户料理发展过程的典型代表。文政年间（1818～1830），在江户诞生了一种新的蒲烧方法。在关西做蒲烧之时，是在鱼腹处下刀剖鱼，但是在江户是在鱼背处下刀剖鱼。据说是因为江户武士众多，如果从鱼腹处下刀，会让人联想起武士切腹，为了避讳才从鱼背剖鱼的，大家觉得这种说法可靠吗？另外最大的区别是，江户做蒲烧之时，会将穿在竹签上的鳗鱼烤制一次之后，先蒸一下，去除多余的油脂，然后再刷上酱汁进行二次烤制。酱汁里也加入了江户人喜欢的砂糖，最后再加上味淋，不仅油光照人，而且香气扑鼻、口味更佳，是代表了江户人饮食偏好

1　日本典型的鱼糕是做成半圆柱形，然后切片吃。——译注

的一种做法。

跟鳗鱼相关还有个有趣的故事。享保七年（1722）八月九日，江户各町的公务人员被召唤到江户的行政长官那里去了（《江户町触》）。所为之事，是据传言说有三个人蘸辣椒醋吃鳗鱼之后就死了，所以让各町的公务人员到自己的管辖范围内的鳗鱼店，去调查传言是否属实。被叫来的公务人员，在他们管辖的町里确实都有鳗鱼店。

那真的有人蘸辣椒醋吃鳗鱼之后就死了吗？事实就是，并没有这样的事。那为什么会有这样的传言呢？这是由于当时的人们相信食物相克，也就是说有些食物配在一起吃会出现不良结果，他们称鳗鱼不能和银杏及辣椒一起吃（《传演味玄集》）。于是和辣椒相克，引发人们想到辣椒醋，由于某些原因，就讹传出现了"蘸辣椒醋吃鳗鱼吃死了人"这样的流言。这种食物相克的说法，直到现代依然有很多人相信，但其中很多都并没有科学依据。多说一句，江户时代认为相克的食物很多都很有趣，举个例子，说十月吃韭菜就会流很多鼻涕，还说喝酒之后吃核桃会引发头痛。

另外，从这段故事中可以看出，当时的江户行政长官，详细掌握着市内哪些町有鳗鱼店这类信息。

再来看喝醉的伴四郎，大概是喝醉了之后总是如此，伴四郎买了鳗鱼和烤红薯当作伴手礼带回了长屋。这天的日记里写到了一个跟勤番武士们饮食生活相关的小片段，非常有趣。下个月三日，在藩邸里要举行庆祝活动，演出能乐，藩士们也可以前去观看，而且当天会赏大家吃赤豆饭，所以要在第二天晚上之前，把出席观赏能乐的藩士名单交上去。

后来赏的赤豆饭里，还配了一些小菜：三段胡萝卜、两段鱼糕、魔芋丝。大概是沾了庆祝活动的光，所以大家都得到了一些好处。

这天喝醉的伴四郎，感到"实为有趣"，所以唱着歌发了一顿酒后牢骚，结果被叔父痛骂一顿。伴四郎很生气，觉得不说话心里憋得难受，还吐了。尽管吐了，到了四时（晚上十点左右）还是"前后不知"，这就是我们的醉鬼伴四郎。

勤俭专家的食材：豆腐

十一月十九日

终日雨天，朝书商来。话说今日稍感风寒，故二百文买酒于中七。食烧豆腐，拌菠菜，大醉，八时着宿状，叔父外出去往汤屋。

今天伴四郎也是稍感风寒，有租书的商人来到长屋，伴四郎租了书来打发时间。当时书价高昂，所以人们常常租书来看，而不是买书。像日记中"书商来"所说的那样，江户时代租书的店家，往往是挑着大扁担，去常常向他们租书的武士宅邸或者商家巡回。

伴四郎感冒时常常饮酒，大概是想靠喝酒来温暖五脏六腑。这天也喝了个酩酊大醉，下酒菜吃的是烧豆腐和拌菠菜。伴四郎是个省钱专家，所以所吃所用的常是些便宜的食材，豆腐也是他经常买的食材之一。一年里他一共买了73次豆腐，其中炸豆腐买了11次，白豆腐买了14次，烤豆腐买了多达48次。

炸豆腐就是现在说的"厚扬"，是把豆腐用油炸过之后加工制成的。白豆腐具体是指什么不太清楚，不过从价钱上来看，白豆腐是炸豆腐或烧豆腐的 6 倍左右，要 30 文（约 600 日元）。所以伴四郎每次买白豆腐都只能买半块。《守贞谩稿》里说，江户的豆腐不如京阪一带的豆腐白，而且偏硬，味道也略次一筹。因此伴四郎买的白豆腐，可能是关西风的高级豆腐。

在江户时代，豆腐是一种很受欢迎的食物，甚至还出版了一本书《豆腐百珍》（1782 年刊行），记载了一百种制作豆腐的方法。之后又陆陆续续出版了续编（138 种）和余录（40 种）。

将豆腐和饭混合可以做成豆腐饭，把调味过的豆腐放在碗底然后把饭盖在上面叫埋豆腐，将烤豆腐再炖煮一下拌上山葵就成了今出川豆腐；还有把豆腐切成细长条，用一杯酒一杯酱油和六杯水调汁煮制，这就成了八杯豆腐。除此之外还有各种各样的制作方法，其中还有蓬蓬豆腐[1] 和乌冬豆腐[2] 这种光是听名字很难猜想到是如何制作的叫法。

这个时代里最常吃的就是汤豆腐和田乐豆腐。伴四郎也一年四季里都很喜欢吃汤豆腐。汤豆腐也叫"汤奴"，将豆腐切成四方形，

---

1 将豆腐搅碎之后加鸡蛋，搅拌均匀后上锅蒸煮而成。——译注
2 八杯豆腐的别称，做法与八杯豆腐相同。——译注

田乐豆腐是庶民的家常食物。

葛饰北斋《北斋漫画 第一卷》，东京美术

形状与武家的下等奴仆所穿和服上的方形纹章相似，因此被叫作汤奴。另外不加热直接凉拌吃的豆腐就是冷奴。

烤豆腐的做法，是用竹签将豆腐穿起进行烤制。当时的豆腐很硬，即便穿了竹签豆腐也不会碎。因为经常穿两根竹签在豆腐上，所以也有人借此讥讽武士，管武士叫烤豆腐。[1]伴四郎最常吃的就是烤豆腐，有的时候直接吃，有的时候把烤豆腐再炖煮一下，或者涂上味噌再烤一下，就成了味噌田乐豆腐。豆腐的做法很多，人们很乐于花一番心思去做豆腐，另外也有汤奴这种简单的做法，价格也很便宜，所以直到今日，豆腐也是单身赴任武士的生活好伙伴。

1　因为武士的正装配两把刀，这里意为形似穿了两根竹签的豆腐。——译注

做饭拿手与什锦寿司

十月一日

终日雨天，午间以胡萝卜加药为什锦寿司，余将众料切煮。欲烧饭时，直助曰烧之，交与其。然所焚之物大为不善，寿司亦大为无味，无方亦食，若交与余则为善物。朔日之故，买酒一合于中七。今日无鱼类，渐烧豆腐，又食储购之鲑（略）夜四时许余将午饭之焦物煮粥，为众人夜食。

这天的晚饭是什锦寿司。伴四郎将做什锦寿司使用的各种菜都切好、煮好，马上要煮饭的时候，跟他同住的大石直助自告奋勇地说他来煮，于是伴四郎就把这一任务交给了他。结果直助煮出来的饭十分难吃。

因为直助，那天的什锦寿司整个儿就变得不好吃了，伴四郎感慨道，如果自己煮饭的话，本来能做成很好的寿司的。可见伴四郎无论是对配菜的调味，还是对煮饭的火候都很有自信，认为自己做饭非常拿手。

"加药"一词来自关西一带，是指菜肉混合做成的配菜，常放到面类、蒸鸡蛋糕或者饭里。在伴四郎的故乡和歌山，以及德岛一带，做什锦饭时用到的调过味的配菜就叫加药。

用几种配菜拌饭，或者盖到饭上做成的料理，就叫什锦饭或者什锦寿司。伴四郎日记里写到做什锦寿司，所以是在饭中加入了寿司醋，用醋饭做成的什锦寿司。

《守贞谩稿》里记载，什锦寿司是散寿司的别名，在加醋的寿司饭里，加上香菇、鸡蛋卷、紫海苔、紫苏芽、莲藕、笋、鲍鱼、虾，还有用醋腌过的生鱼肉，将这些配菜切碎之后拌在饭里，然后盛到大碗里，最后再点缀上切得细细的鸡蛋丝。有时一次做多人份，放到比较大的容器中，然后每个人再分成小份，盛到自己的小盘子里吃。但即便是分食，这样的料理也可以说是很豪华了，伴四郎一行吃的什锦寿司是什么样的呢？参照伴四郎平常的饮食生活，估计这时候做的什锦寿司也很朴素。他在日记里写到将"胡萝卜加药"煮入味，估计是用酱油将配菜炖煮之后做成的什锦寿司。

这句话可以有两种解读，一是可以理解为他只用胡萝卜做了加药，另外一种解读是用胡萝卜和其他配菜做了加药。最简单的解读方式就是只用胡萝卜做了加药，可是只有胡萝卜的话，那这什锦寿司也是颇为单调。但是伴四郎没有具体提到其他名称，估计他做的什锦寿司就是如此简单。前面《守贞谩稿》里提到的什锦寿司，每人份要100~150文，与握寿司或者荞麦面相比，价格稍贵。

回过头来说直助没做好的饭，它最终的宿命是变成了粥，成了大家的夜宵。

自己做饭的第一步：煮米饭

十月二十八日

（略）七时后归，玄润来，杂谈后归。食饭，然甚为不善，似食不善之粥。入江户以来直助所烧之饭始终如粥，余所烧之饭始终为硬饭。

跟煮饭相关还有一个小故事。伴四郎一行去了横滨参观，在神奈川住了一夜，第二天天气多变，时而风雨交加时而晴空高照，好不容易回到了藩邸中的长屋，赶紧吃饭。但是那天做出来的饭像粥一样，甚是难吃。伴四郎感慨道，感觉自从到了江户以来，直助做的饭总是像粥一样，而自己做的饭又始终比较硬。

当然，当时在煮饭时要研米，要考虑水量的多少，还要看火候，有不少难点。而且，自己做饭喜欢软一点还是硬一点等，也受到自己成长的家庭中所做米饭的软硬程度的影响。

我们所生活的现代社会中有电饭锅，甚至还有免洗米，所以现代煮饭的难度，根本不能和伴四郎生活的江户时代相比。不过话虽这么说，之前做什锦寿司那天直助也煮了一回难吃的饭，看来直助就是不擅长煮饭。但即便是不擅长，对于勤番武士来讲，饮食生活基本靠自己做饭，无论如何都不得不学会做饭。估计在日常的生活中，直助的煮饭和做菜水平也会慢慢提高，而且同住在长屋中的伙伴们，也会互相分享很多做饭的知识。

比如说刚到江户之后不久，为吉告诉伴四郎，煮章鱼的时候放进去四五颗唐豆的话，章鱼容易煮得软烂。唐豆就是落花生，也叫南京豆。不知道伴四郎有没有尝试做加了花生的章鱼，很遗憾他没有在日记中提到。

炊事值日

　　勤番武士居住在长屋里要轮流做饭，这是炊事值日制度。基本上是要统一煮饭、做汤，配菜和下酒小菜大家各自准备自己的就可以了。比如说十月十四日，伴四郎和叔父平三一起，去参拜小石川传通院[1]的大黑殿之时，路过四谷，伴四郎买了一条鱲鱼（14 文）、平三买了雌鲷，两人各自买了"饭之菜"。又隔了一天，伴四郎买了雌鲷鱼切段（50 文），叔父买了虾。所以伴四郎常买的拌饭酱，樱味噌（见本书第三章第 4 节"初次出勤与饭桌伴侣樱味噌"）估计是自己一个人独占了。不过也有可能还是要看叔父的心情。

　　炊事值日除了要煮饭之外，还要负责做早晚的粥，以及烧热水做茶泡饭用。伴四郎每当自己负责炊事值日的时候，都要在日记中写上"房事"。刚开始看到这样的文字，笔者不禁浮想联翩，在这些记录前后搜寻女性的身影，结果根本没有那样的事，令笔者觉得非常对不起伴四郎。不过确实，伴四郎的日记中很少提到女性或者花街柳巷，最经常出现的名字就是琴春，后面会讲到她。

1　位于现东京都文京区小石川三丁目的佛教净土宗寺庙。——译注

那我们来看看所谓的房事。伴四郎一行三人共同生活在一起，不过叔父是衣纹道方面的师父，所以不参加轮流炊事值日。因此自然是伴四郎和直助两人，轮流炊事值日，守护长屋的厨房，这就是伴四郎说的"房事"。但是，八月二号的早上开始伴四郎身体不舒服，但还是坚持做了午饭，结果"昏食时分甚感不适"，于是令直助代为"烹茶"。

但是到了八月四日，直助却又病了，别说是炊事值日，连出勤都去不了了（见本书第二章第8节"勤番武士的'抗病记'"）。直助的病意料之外地拖了很久，到了九月也没彻底康复。到九月十日才"终于恢复"，从这天开始做炊事值日，让人放下心来。在这之后伴四郎也和直助两人互相帮助，轮流做长屋里的炊事值日。与之相关的情况在日记中也有所记载，九月二十九日的日记中写道："话说直助生病以来，极不能做房事，二人相助。"

幕府末期的人们是怎样煮饭的

前面也提到了好几次，伴四郎一行是在午间煮饭，然后早晚只吃粥或者茶泡饭。那我们来看看幕府末期的人们是怎样煮饭的。

《守贞漫稿》里提到，在京都和大阪都是在午间做饭，然后以炖煮菜或者炖鱼做配菜，再加上味噌汤，共有两三种配菜可以一同吃。伴四郎的故乡和歌山，也隶属于以京阪一带为首的上方文化圈，所以他们也是在午间做饭。剩下的冷饭，就在当天晚上以及第二天早上吃。具体是怎么做的呢？比如说加上盐用茶水煮，这就成了所谓的"茶粥"。的确，伴四郎日记中提到早饭和晚饭之时，经常有"茶粥"、"粥"的字样出现。当然早饭、晚饭也都是常常做茶泡饭了事，再配上简单的咸菜而已。

与之相对，在江户则是早上煮饭，配上味噌汤一起吃。到了中午就成了冷饭，即便这样也一定要用蔬菜或者鱼做成配菜，配着这冷饭一起吃。然后晚饭多是茶泡饭和咸菜。不过江户的大型饭店，有的也会一天煮三次饭，也有一天煮两次饭的。江户的煮饭状况比较复杂。

幕府末期的京都、大阪和江户，都和如今有很大的不同。现在有用电或用燃气的电饭锅，也有保温饭盒，这些工具的普及导致无法将现今的煮饭事宜与江户时代进行简单的比较。但除此之外，跟副食配菜相关的看法好像也发生了一定变化。早饭简单解决，这一点跟现在没什么大的区别。不过，现在比起午饭，更重视晚饭，晚饭的配菜通常更为丰盛。而幕府末期，无论是在江户还是在上方，都更重视午饭的配菜。

另外，根据《守贞谩稿》的记载，在江户很少像上方那样煮粥，也没什么人吃粥。《守贞谩稿》的作者喜多川守贞说，上方吃粥的习惯，最初是因为想要节俭，让少量的饭也能吃得比较久，后来就成了很多人的饮食习惯，因此成为早晚的固定菜单。

江户时代料理人的样子。
图为《素人包丁》局部（摄影：图文研，味之素饮食文化中心收藏）

集齐料理器具

八月六日

雨天，炊事，往玄润处取药，午时民助来，另高冈主马今日为侍，与之一同草鞋而来，另今日预备排演之物时，殿上传话，曰明日罢出，令余以请确认之，初以昨夕之锅烧叔父之饭菜，实乃善，喜（略）道中诸勘定之事至夜四时，夜食粥，终日雨天。

所谓男子不入厨房，说的是江户时代的男性是不会做饭的，估计也有很多人会这么认为，可实际上却并不是这样。伴四郎因为是单身赴任，不得不自己做饭，不过话虽如此，伴四郎看起来是非常享受做饭的。当然，由于各人身份立场的不同，做饭的方式会有很大的不同。

话说八月六日这天，一整天都在下雨。本应在殿上进行的衣纹道排练，也出于某些原因取消了。关于这次排练延期的事，上面下达了通知，而伴四郎一行则要对这通知做"请"，也就是要写一份文书确认收到了通知，然后提交上去。所以说江户藩邸的生活虽然看似悠闲，但这种与工作相关的事情却还是要受到严格管理的。

伴四郎这天一早就到医生这里来取药。因为叔父生了病在卧床休息。另外，同住的直助也患了风寒，一直在发高烧。单身赴任的武士不能和家人一起生活，所以生病的时候最为难熬，伴四郎给叔父宇治田平三和直助煎了药，然后又做了炊事值日，麻利地照顾着他俩。另外民助每天也会来帮忙，出现难处的时候大家都会互相帮助。

这天，伴四郎给叔父做了午饭时吃的配菜，在日记里写道"喜"。乍一看，会觉得是给叔父做了饭因而感到高兴，但其实并不是这样。

日记中写道"初以昨夕之锅"，也就是说前一天傍晚刚买了唐金锅。所谓唐金，是铁和锡做的合金，伴四郎新买了一口金属做的锅。第一次用新锅做菜是给叔父做了午饭配菜，因为锅用起来"实乃善"，所以不自觉地就在日记里写道自己很高兴。顺便说一句，这个唐金锅的价钱，高达 7 文目 2 分银子，换算成铜钱的话是 810 文 4

分（约16200日元）。

做饭的乐趣之一，就是能够对各种器具运用自如。除此之外，器具的种类和数量自然也决定着饭菜的口味。在江户时代，做饭的调理方法得到了很大的发展，做饭的器具种类也比之前大为增加了。

对于住在藩邸的长屋中且基本要靠自己做饭的下级武士们来说，器具的数量和种类都是有限的，所以要从最有必要的东西开始，一点点集齐所需的器具。所以说新买的锅很好用，这让伴四郎感到十分开心。话说回来，伴四郎刚到江户时第一次购物就买了行平锅。可见为吃饭做准备，是江户生活的开端。

那接下来再来介绍一件伴四郎做饭用的器具。

八月十一日

朝雨天，四时后大晴，民助探病而来，五郎右卫门携枸杞之芽予直助而来。午后稍事休息，七时日中七者来，为贩酒、酱油、醋、鱼煮、渍物等等之人，遂买一合酒、间摘菜、雪花菜等。四日前起大便不通，食各色之物不曾用心，果然由此不通，饮酒一杯。又相模屋携此前所托之研钵、研磨木、白味噌而来，速速以深根葱为杂炊，众人感其美味，大食（略）实乃久违之通便，大为快事。

接着前面介绍的日记，又过了五天，有上面这样的一则记录。通过这条日记可以窥得勤番武士的饮食生活，我们来详细介绍一下。五郎右卫门给直助拿来了枸杞芽。枸杞可以做解热剂和强壮药，枸杞的嫩芽可以做枸杞饭，嫩叶可以做枸杞茶。直助从几天前就开始卧床不起，看来五郎右卫门很担心他，因此给他拿来了既有药效又可以滋养身体的枸杞。就像这样，勤番武士们常常相互交换食物以备不时之需。

他们基本是靠自己做饭，但是有时也会买现成的副食，现在的单身者是这样，伴四郎也是如此。伴四郎在日记中常提到一个名叫中七的店家，不仅卖酒以及酱油、醋等调味料，也卖红烧鱼。伴四郎这天从中七那里买了一合酒和间摘菜。蔬菜成长的过程中为了保证植株间距，会把过密的植株之间的菜苗摘掉，摘掉的菜苗就是间摘菜[1]。伴四郎这天买了拌间摘菜（16文）和雪花菜（4文）。雪花菜

1　汉语中说的鸡毛菜也是这么来的。不过鸡毛菜单指小油菜的幼苗，而日语中的间摘菜可以泛指萝卜、大白菜、小白菜等的幼苗。——译注

研钵是厨房的必备品，用它来研磨芝麻和味噌。

图为《素人包丁》局部（摄影：国文研，味之素饮食文化中心收藏）

就是做豆腐时剩下的糟，即豆腐渣，既便宜又很有营养。对于勤番武士们来说，豆腐渣是饭桌好伙伴。这些副食虽然有些单调，但也可以让伴四郎的餐桌变得热闹起来。

今天提到的做饭器具是研钵。现在可能很少用到研钵，但直到不久之前为止，研钵都是各家必备的道具。研钵的材质通常是硬质陶器，尤其以备前烧[1]为佳。研钵经常用于研磨芝麻或者山药，但以前最常见的是用来研磨味噌。做味噌汤的时候一定要先用研钵将味

1　现冈山县备前市附近出产的炻器，是日本六大古窑之一。——译注

噌研磨一下。不过，现在磨好的味噌酱[1]已经普及，而且最近还出现了放在塑料袋里卖或者是已经兑好汤底的味噌，所以研钵对我们来讲已经是个遥远的存在了。

之前伴四郎就在相模屋订了研钵，今天他们把研钵、杵和白味噌一起送来了。于是伴四郎赶紧把白味噌放到研钵里磨了，然后加上大葱做了杂烩粥，"众人感其味美，大食"。可见这次做的杂烩粥非常好吃，受到了大家的好评，因此伴四郎十分开心。幸亏如此，让伴四郎苦恼了好几天的便秘也好了。这次吃的味噌是白味噌，说起白味噌首先会想到它是京都的味噌，看来同属关西文化圈的和歌山也吃白味噌。调味料是算作大家一起买的，摊到每个人头上是 11 文。研钵和杵也算大家一起买的，每人 32 文。

就像这样伴四郎渐渐集齐了各种做饭的器具，不过当他在江户的赴任结束时，大概把这些器具都处理了。伴四郎第二次到江户赴任是元治二年（1865），那时又新买了薄刃刀（900 文）和锅（2 贯940 文），属于大额支出。

———————

1　以前的味噌里会有大米粒或豆粒的残留。——译注

【下行品和酒】

读伴四郎的日记时会让人感到惊讶的是，不管是午间还是晚上，他都常常喝酒。有些时候是以酒代替风寒药。在江户时代，虽说各地都产酒，但是伊丹、池田还有滩所产的上方酒，无论是从生产量还是从品质上来说，都是鹤立鸡群的存在。这种上方所产之酒，称为"下行酒"，在江户极为流行。

江户时代初期开始到中期左右，不仅是酒、盐、酱油、绢制吴服和太物（用棉或麻织成的衣服）等，品质好的东西都是从京都大阪所在的上方运到江户来的。这些东西就叫作"下行品"。现在，我们称驶向东京方向的列车为上行列车，但在当时去往京都方向才叫"上行"，去往江户方向称为"下行"。

当时江户近郊所产的东西，被称作"地产物"，跟优质的下行品相比品质较为低劣，因此也称为"不下物"，现在日语中称不好、无聊为"下不去"，其语源据说就来自这"不下物"。

但是，随着时代的发展，地产物的品质也越来越好，渐渐地市场上的下行品就被驱逐出去了。最好的例子就是铫子和野田所产的酱油。但是，江户地产的酒却很长时间里都不如下行酒，因此一直到江户时代后期，还有上百万樽的下行酒被运送到江户来。

下行酒之所以更佳，是因为上方制酒技术进行过革新。造酒的过程中要对米进行糖化反应，30~32摄氏度的温度最适宜糖化反应。所以本来夏天是适宜造酒的高峰期。但是这样的制法会带来杂菌，导致酒容易出现酸味。因而后来钻研出了"寒造"制法，冬季寒冷而不易出现杂菌，在冬季里花长时间慢慢酿造而成的就是"寒造"。后来用高精度的米并用寒造制法酿出了没有杂质的"滩生一本"，席卷了江户的市场。

跟浊酒不同，喝清酒的时候，大家更愿意烫着喝而不是喝凉的。所以最开始是用铁锅直接对酒进行加热，到了江户中期以后，要先放在一种叫作烫酒壶的金属容器中加热，然后倒到带柄的铫子壶中，再倒入杯中饮用。有图画绘有江户时代的居酒屋，在画中可以看到挂在墙上的烫酒壶。另外，有时也会从烫酒壶中直接倒到杯中喝。不过，到了伴四郎的时代，主要是用一些小的陶制德利瓶，将酒倒入德利瓶中，再将德利瓶浸到热水之中，这样的烫德利比较常见。

现在在居酒屋，点烫酒的时候也会说"要几瓶铫子"，但其实铫子和德利并非同样的东西。

第四章

叔父与伴四郎

叔父吃饭的气势

七月二十八日

午间比邻之儿玉予余竹荚之干物约二十五，以午饭所余海带为菜，煮之，其时叔父取半。八时后落了点雨，于煮物店买梨子有二（略）。晚饭皆食茶渍，思以干物为明日午饭之菜，然叔父早早一食。叔父昨日言其腹痛，然甚为大食，令直助与余二人丧胆，虽为每每之事，然其中有所不同故甚为烦扰，实乃毫无关怀之心（略）。六时半归，买深根葱而归，四时后夜长腹空，备夜食。余欲煮茶之时，挑灯之火灭，欲点火之时，蹴裂土瓶，以药之土瓶煮茶，烧午时所得之干物，众人夜食之。

通过这天的日记，可以详细了解伴四郎的日常生活，所以在这里引用了较长一段。在伴四郎的长屋旁边居住的儿玉，送来了大约二十五条干竹荚鱼。《江户自慢》中也提到，竹荚鱼是一种昂贵的鱼，因此伴四郎一行非常高兴，准备晚饭就简单地吃茶泡饭对付一下，然后用干竹荚鱼做明天午饭的配菜。但是叔父宇治田平三却将好不容易得到的竹荚鱼"早早一食"，也就是说一上来就最先将竹荚鱼吃掉了。

叔父明明昨天还说肚子疼，但今天又当起了大肚汉，把伴四郎和直助都吓了一跳。叔父既是大肚汉又常常犯肚子痛，也不仅限于今天。不过，这次大家都期待着第二天能吃竹荚鱼，可是叔父却一上来就先吃，一点都不照顾别人的心情，让伴四郎感慨道，这与平日里的每每之事又有所不同。

那么这些众所关心的竹荚鱼后来怎样了呢？也许是秋夜漫长，让人难以入眠，导致大家夜里肚子饿，于是在四时（晚上十点左右），大家把竹荚鱼当夜宵吃掉了。这天的伴四郎实在是不走运，想要吃夜宵然后去烧茶的时候，灯笼里的火灭了，刚想再把灯笼点亮，又把茶壶踢碎了。没办法只好用煎药的茶壶煮了茶，所以肯定是烧了一壶带一股药腥味的茶。前面也提了伴四郎的一日三餐，应该是想要在中午做上新饭，然后把竹荚鱼当午饭的配菜，吃上一顿稍微丰盛一点的，所以才想要把竹荚鱼留到第二天吧。

好不容易准备好的配菜，结果"行于"叔父处的事情，并不是一回两回了。两天前炖煮了海带，结果被叔父吃了一半，二十八日这天午饭的海带也被叔父拿走了一半，伴四郎在日记里写下了他的愤慨。不过，从叔父的角度来讲，好歹还给他留了一半。总之凡事粗枝大叶的叔父，会毫不在意地就抢伴四郎的菜吃。

第二天二十九日，叔父果然又腹泻了。伴四郎认为原因显然是"过食"，就没怎么表示关心。外出之后又回来，结果发现自己之前买的留着以后用的药，名叫"人马平安散"，却几乎都被叔父吃光了，确实令人不快。不过这药既保人平安，又保马平安，真是个了不起的名字。

然后二十九日里，三人还一起向岩见屋交纳了醋钱。伴四郎在日记中写道，叔父想要只交三成，同住的大石直助说"彼此彼此"，叔父把嘴撅得有"一间"那么长，很不情愿，最后还是三人平摊着交了钱。估计也是因为自己的菜被叔父吃了，心有怨恨所以才记下这样一个片段。不过，通过这段记录可以看出，醋、酱油这些调味品是同住的伙伴们一起买，饭也是一起做，只有吃饭时的副菜是各自准备各自的。正因为如此，当做好的自己的那份被叔父吃掉了的时候，伴四郎会感到很生气吧。

　　伴四郎花钱也很谨慎，跟叔父性格完全不同。但尽管如此，既是自己的叔父，又是自己的上司，因此跟叔父一起住，伴四郎估计是很拘束的。另外，伴四郎到江户赴任，说到底要受叔父的关照，所以即便有些不满也要忍耐。不过，从伴四郎的日记来看，首次清楚地写下对叔父的不满之情，是在抵达江户大约两个月之后，估计是每天都有些小情绪积攒起来了。不过我们并没有发现伴四郎和叔父关系彻底破裂的记录，所以说伴四郎还是进行了自我劝解。接下来我们就来看看叔父的言行，来帮伴四郎消消愁。

小豆汁粉

八月八日

朝五时前雨止，四时后大晴，叔父今日又下血，日甚感不善，直助亦仍高热。今日主上自五时御出，民助携其所得之渍汤，排演不落。叔父日午饭不可食，然出，去往一木食汁粉，食物应稍稍用心为善，何物皆曰食之食之，叔父未以之为然，若每每言之亦非善事，又于余俭约之事斥责。

在长屋中跟伴四郎同住的二人，今天身体都不好。直助感了风寒已经过了好几天了，今天还是发高烧，看起来很难受的样子。叔父也"下血"了，就是便血，所以状态很不好，"午饭不可食"，就没有吃饭。但是，过了一会儿，叔父却去了一木买小豆汁粉吃，把伴四郎吓了一跳。伴四郎觉得叔父得了"痢病"，因此本应在饮食方面多加注意的。不过如果每天都提醒他注意饮食的话好像也不太好，因此犹豫着就没有说。反倒是叔父本人，毫无戒心地看到什么都是"食之食之"，看到叔父这食欲旺盛的样子，伴四郎感到哑然。

伴四郎也很喜欢小豆汁粉。到达江户之后不久，从六月八日开始，伴四郎每个月都会吃，有的时候一次会吃两碗，可见伴四郎实在很喜欢吃甜食。而且伴四郎在盛夏也会吃小豆汁粉。现在我们往往觉得它是冬天的食物，可见那时小豆汁粉没有什么明确的季节性，跟现在的状况不尽相同。

小豆汁粉是在用小豆熬成的甜汤里加入小块的年糕制成的食物。还有一种与之相似的食物叫"善哉"。善哉本来是佛教用语，本意是"嘉奖善行"的意思。由于地域不同，导致小豆汁粉和善哉的实际做法也有所不同，所以它们是在日本东西部饮食文化比较中经常被提及的食物。幕府末期时也是如此。《守贞谩稿》里对它们进行了比较，我们来看看。

　　在京都、大阪一带所说的善哉，是将不去皮的赤小豆用黑砂糖腌渍入味，然后加入小块的圆年糕饼煮制而成。在江户吃的小豆汁粉，则是将赤小豆剥皮之后，据说加入的是白砂糖中的"下品"，估计是比较便宜的白砂糖或黑砂糖，然后所用年糕也不是小块的圆年糕，而是用方形的切块年糕煮制而成的。

　　江户人相当喜欢小豆汁粉，《江户自慢》中说，无论是怎样"偏偏"之所，也有卖小豆汁粉的店家，当然也有高级汁粉店，不过大体上是一碗16文左右，相对而言是比较平民化的食物。另外，无论在京都、大阪还是江户都一样，卖小豆汁粉的店家大多会取"正月屋"这种比较喜庆的名字，招牌上都写着"正月屋"等。

第二天九日的日记里，也写到叔父"果然食种种物"，可见叔父的暴饮暴食还是没有结束，这天傍晚还去坂下买东西吃了。

炖煮胡萝卜

九月二十日

（略）胡萝卜十六文甚贱，买置储之，以之为饭之菜可久食。煮半数，然成叔父之菜，大半为叔父所食，所余未足余一次之菜。屯买之事戒之戒之，欲得益而受损之事不可忘之。

去浅草参观闲逛（见本书第五章第6节"江户观光与江户名品：从赤坂到浅草"）之后，伴四郎高高兴兴地回到了长屋，结果长屋里有让他郁闷的事情等着他。那就是，好不容易做好的菜，又被叔父吃掉了。趁着胡萝卜便宜，伴四郎花了16文买了胡萝卜做了炖煮菜，本来他是想要分成几次做配饭的副菜吃，所以才做好放在那里的。

伴四郎在江户的饮食，完全谈不上奢侈。因为是一个人到江户单身赴任，所以每个月会有七八次在外面吃饭，但基本上还是自己做一些简单朴素的小菜，而且也常常选用便宜的食材，比如豆腐或沙丁鱼之类。用它们做些简单的菜，然后配着腌渍菜和味噌汤一起吃，伴四郎十分注重节俭。

这天伴四郎做的菜是炖煮胡萝卜。炖煮菜是最为常见的一种做菜方式，而且根据汤汁的多少，使用材料和加热时间的长短等，可以做出味道各异的多种菜式。另外，根据地域不同，调味也会有所不同。在江户时代初期使用的调味料主要是盐、味噌、味噌酱汁等，到了中期以后，变得多用酱油，也渐渐开始加入味淋和砂糖进行调味了。这种炖煮菜是伴四郎的拿手好菜之一，除了胡萝卜也经常炖煮海带等。

虽说擅长做菜，可是伴四郎炖煮的胡萝卜被叔父擅自吃掉了，这件事带来的委屈可是非同一般。好不容易做好了准备留着自己吃的胡萝卜，结果进了"叔父大人"的肚囊，而且叔父还吃掉了一大半，伴四郎感慨道，剩下的一点连做自己一顿饭的配菜都不够。于是最后在日记中写道，这正是所谓想贪便宜却吃了亏，以后再也不买菜屯储了。

伴四郎的省钱诀窍

八月二十四日

（略）勘定障子钱之时，叔父欲以二铢银勘定，遂曰一人二百八十文，余欲以钱勘定，则为二百七十八文，叔父曰岂可做如此细琐之勘定，曰仅仅二文之事随你欢喜，甚怒（略）。

伴四郎有时在外吃饭，偶尔也出去买买东西，不过这都拜他日常节约所赐。那么伴四郎的省钱诀窍是什么呢，我们来看看。

前面也提到了几次，伴四郎常常买些豆腐或沙丁鱼之类的便宜食材，或者趁着便宜的时候买菜屯储着然后做成易于保存的炖煮菜，所以说伴四郎节省的首先就是吃饭钱。不过这并不意味着他的日子过得很惨，反倒是伴四郎很乐于钻研如何省钱。

他到江户赴任得到的补贴，是一年 39 两，支出是不到 23 两，也就是说大约剩下来四成。另外，大米是在江户直接领取的，没有吃光的还可以再卖掉，由此还赚了不到 2 两。所以说伴四郎注重节约，手头上还有所富余，这都是因为有江户勤务特别补贴。不过，幕府末期的江户物价高涨，所以也有很多人不喜这一点故而不愿意去江户赴任。这样看来，果然还是伴四郎省钱有方。

他的性格在大家均摊算钱的时候也有所体现。当时的货币，有金子、银子、铜钱三种，不同货币之间有兑换的行情。拉门的钱要同住的三人平摊，叔父本来说用银子算，每人付两铢银子，不过伴四郎则说用日常常用的铜钱算，这样的话每个人可以省下大约两文钱。叔父很讨厌算得这么细，最后生气地说"随你欢喜"。叔父在背地里说他，"伴四郎每日拿着算盘，为搜罗一文钱"，这是讨厌叔父的直助偷偷跟伴四郎打的小报告。但是伴四郎仔细算计也是为了大家，节省正是要靠这日常一文钱两文钱的积累。

伴四郎的饮食账本

	次数	一年合计	每次平均（文）		次数	一年合计	每次平均（文）
鱼类				白瓜	3	62	20
沙丁鱼	42	718	17	牛蒡	3	44	14
鲑鱼	18	461	25	魔芋	3	40	13
鲣鱼	15	456	30	菠菜	2	32	16
金枪鱼	14	802	57	眼子菜	2	32	16
斑鰶	9	176	19	茼蒿	2	32	16
文蛤刺身	7	94	13	笋	2	28	14
鲭鱼	6	140	23	山葵	2	28	14
鰤鱼	6	112	18	莲藕	2	68	34
鮟鱇鱼	4	68	17	毛豆	1	30	30
泥鳅	3	448	149	西瓜	1	12	12
鲨鱼	2	200	100	黄瓜	1	10	10
鲻鱼	2	82	41	胡萝卜	1	8	8
竹荚鱼	2	56	28	副食类			
鳕鱼	2	48	24				
秋刀鱼	2	38	19	煮豆		489	
马鹿贝刺身	2	32	16	鸡蛋		168	
干货	2	28	14	梅子干		48	
幼鰶	1	32	32	烤豆腐	48		5
鲱鱼	1	16	16	白豆腐	14		30
蔬菜类				炸豆腐	11		5
				腌菜	37	265	7
茄子	22	311	14	芥末茄子	11	140	12
萝卜	9	128	14	奈良腌菜	2	28	14
葱	5	56	11	浅腌黄瓜	2	14	14
菜	3	95	31	腌山葵	1	16	16
烤蚕豆	3	68	22	味噌腌萝卜	1	12	12
柿子	3	64	21	泽庵咸萝卜	1	16	16
油菜	3	64	21				

参考资料：岛村妙子《幕末下级武士的生活实态——纪州藩一下士之日记分析》《史苑 vol.32, no.2》

在一起过集体生活，打理金钱是很重要的。不过，伴四郎和叔父的金钱观有如此大的差异，估计彼此妥协、和平相处也有很多难处。日记中写道，给被褥店付钱的时候，被叔父捉弄了，不情愿地遭受到损失，伴四郎称之为"受明知之损"，因此感叹道"实为大意大意"。

第五章

江户生活的乐趣

练习三昧线

六月晦日

（略）七时为吉之亲戚者来，曰今日去排练场何如，每每拒之亦深感其可怜，故曰定要同往。鲛河桥之里屋，甚为小巧之家，见其母女二人，师父为四十岁有余其貌不扬，其女矮小，遂稍稍演练《将门》之"嵯峨御室"一段，归。傍晚叔父出，去往例来之汤屋，直助行往四谷，余留守（略）。

七月朔日

（略）食晚饭后冲水，傍晚前去渍物之上总屋，买樱味噌十六文，遂行往排练场。师父之名曰常磐（此处脱漏一"津"字）琴春，演练后其女与之互教流行歌（略）。原思此排练场只其母女二人，然傍晚其丈夫及养子亦归，原乃四人之家。

161

首次来到江户生活，单身赴任的伴四郎也享受了很多生活中的乐趣。我们来看看他日常生活中都有哪些乐趣。

　　伴四郎从故乡带来了一位叫为吉的扈从，六月末的这天，为吉的亲戚来拜访伴四郎，几次邀请伴四郎去"排练场"，伴四郎觉得总是拒绝人家挺不好意思的，无奈就跟他一起去了。不过如果参考伴四郎后面的行动来看的话，他这时所言应该只是为了掩饰自己的羞涩。多亏了有为吉的亲戚等人，他们来江户更早，因为有他们，伴四郎这些勤番武士才能更容易适应江户的生活。他们所去的，是离藩邸很近的一个叫作鲛河桥的地方，这个地方倒是因为一些不好的原因[1]而广为人知。所去的人家称为"里家"，是因为它不面向大路，而是面向里面的小巷子，是一间建造得"非常之小"的人家。在这小巧之家居住的，是一名叫常磐津琴春的四十岁左右的女性，她是弹三味线唱常磐津节[2]的先生。常磐津节是在江户时代中期由常磐津文字太夫创始的一种流派，伴着三味线的音乐半唱半念，直到现在也广为人知，在歌舞伎的世界里仍然常常出现。琴春看起来好像是和她的女儿生活在一起，那天排练了一首叫作"将门"的舞曲中的

1　是当时有名的贫民窟。——译注
2　三味线音乐的一种，属于净琉璃中的一派。——译注

嵯峨御室[1]那段。

伴四郎最开始在日记里写得好像自己没什么兴趣，结果到了第二天又去拜访了琴春，进行练习。前一天以为琴春和女儿两人生活，但到了傍晚，琴春的丈夫和养子也回来了，伴四郎才知道他们是一家四口。当时随处都有像琴春这样教人弹三味线唱小调的先生，不仅仅是平民百姓，看来连像伴四郎这样的勤番武士也是他们的主顾。估计为吉的亲戚也是受琴春所托，帮她寻找想要学习三味线的人。不管怎们说，琴春和女儿两人互相教当下最新的"流行歌"，做先生很有先生的样子，非常热衷于研究时下流行的新事物。

伴四郎虽说是有钻研的精神，但有时也会三天打鱼两天晒网，七月一日开始20天里去练了11次三味线，可是八月一次都没有去。一直到九月二十七日，觉得"实乃许久未去"，于是才去了琴春那里。从这之后，大约每个月去16次以上，积极地进行练习。

伴四郎也经常会连续三天去琴春那里。七月二十日去的时候，

---

1 《将门》是于天保七年（1836）出演的常磐津舞蹈，其中有一句唱词是"嵯峨御室花盛开"。——译注

写道"筋玉之痛耐而耐之，往"，就是忍着疼痛也要去练习，可见是非常热衷于此。这个时候伴四郎很是悲惨，回家的路上"痛甚"，也就是说非常之痛，走路时也要做"种种苦心"才行，而且木屐的绳带还断了，状况实在非常棘手。即便是这样也要去跟琴春练习常磐津。不过当叔父在故乡有忧虑之事时，伴四郎也不好意思在叔父面前毫不掩饰地以"深感有趣之状"去拜访琴春。

长屋的酒宴

八月朔日

（略）丰吉又来，传民助之言，曰即刻携所得之鲣来，令余备酒，遂即令丰吉往坂下处告之以岩见屋，速携酒、酱油、醋而来。后余往长门屋购返礼之寿司，五郎右卫门亦来，民助持鲣鱼之半身来，遂于五时过后，余为料理众人皆食（略）似为稍稍中此鲣之毒，叔父、直助彻夜交替于茅房下痢（略）。

八月一日，民助传话来说，有人送来了鲣鱼，让伴四郎一行预备好酒。于是伴四郎立即从经常出入藩邸的岩见屋那里买了酒、酱油和醋，开始着手准备酒宴。又去了长门屋买寿司，说是准备"返礼"，估计是向送给他们鲣鱼的人还礼，表示谢意。

民助带来了收到的半只鲣鱼，伴四郎做了菜。从其他日记中也可以看出来，伴四郎从不嫌做饭麻烦，估计他很喜欢做饭。一方面是因为他本来就很适应这种勤番武士的生活，不过从另一方面来说，大家各自准备一些下酒菜然后一起喝酒热闹热闹，也是他们在江户生活的乐趣之一。

鲣鱼是自古以来就存在的食物，平安时代时也曾登上天皇的食谱，不过那时所吃的多是加工过的风干鲣鱼等。等到了江户时代，江户人则极力推赏吃生鲣鱼。而且江户人特别喜欢当季上市的第一批食物，所以第一批"初鲣鱼"是众人的垂涎之物，文化九年（1812）歌舞伎演员三代中村歌右卫门花了三两买了当年的初鲣鱼，这个金额基本上等同于最下级武士一年的俸禄。前面也提到了几次关于当时的金钱具体该如何换算，物价随着时代的变化变动极大，因此难以进行换算比较，但总体来说江户时代后期的一两相当于现在 10 万日元到 30 万日元。本书参考的《江户时代的鸡蛋 400 日元一个！》中认为一两相当于今天的 128000 日元。幕府为了禁止奢侈

在伴四郎的长屋中举办的酒宴是什么样的呢？

《久留米藩士江户勤番绘卷》，东京都江户东京博物馆收藏。

图片提供：东京都历史文化财团图像资料库

的风气，多次出台法令，对追捧当季第一批食物之事进行了限制。

伴四郎他们这次吃鲣鱼是在八月朔日，即八月一日，估计价钱也便宜下来了。不过据说秋天的洄游鲣鱼更加肥美。伴四郎平日所买之鱼，最主要的就是沙丁鱼，不过一年里也买了 15 次鲣鱼。其中以盐渍鲣鱼和对半切开的鲣鱼肉为主，对于伴四郎一行讲，鲣鱼一定与平常所吃的沙丁鱼不同，有独特的美味。

提起鲣鱼料理，通常会想起"叩鲣鱼"[1]，不过在江户时代的料理书中记载了法论味噌、火当脍、水出、松叶熏等多种多样的制作方法。其中法论味噌是指将花椒和核桃等混入味噌之中，在锅里煮到冒泡之后再拌入鲣鱼所做成的一道拌饭酱。伴四郎一行的酒宴上吃的是怎样的鲣鱼料理呢？

实际上，伴四郎这次吃鲣鱼吃坏了肚子，遭了不少罪，所以应该是生吃的。叔父和直助整晚轮流上茅厕，伴四郎从午间就开始头痛，吃了鲣鱼之后痛得更厉害，"腹内受扭转颠覆"之痛，吃了各种药也不见效，整晚都痛苦难耐。顺道说一句，当时有一种治疗方法，认为吃鲣鱼吃坏了肚子的时候，应该在嘴里含樱树皮。

之后还会再提到，伴四郎一行会选定日子然后大家一起享受酒食，这天办的应该就是朔日的酒宴，这天剩下的酒，在八月三日、四日这两天喝掉了。

这个八月的朔日，也简称为"八朔"，过去会在这天里举行被称

---

1 用火简单烤一下鲣鱼的表皮之后，切成的约1厘米厚的鲣鱼寿司。——译注

为"田之实"的庆祝活动，是一个祈祷丰收的日子。在这一天，也要向自己所依靠托付[1]的人，也就是提拔帮助自己的人，表达感谢之情，并且向他们赠送礼物。在武家社会中，这也是确认主仆关系的日子。另外，对于江户幕府来说，八朔是非常重要的日子。开创了幕府时代的德川家康，曾协助丰臣秀吉打败后北条氏，因而从家康自己的旧领国移居到之前归属于后北条氏的关东地区。家康进入江户那天，恰恰就是天正十八年（1590）的八月朔日。幕府将这天定为重要的仪典之日，大名们要在这天到江户城拜谒将军，为将军庆贺，并向将军进奉太刀等物。

另外，商家会在这天制作牡丹饼发给下人们。旧历的八月朔日一般都在阳历9月里，白昼逐渐变短，从这天开始，吃了晚饭之后就要上夜班，所以好不容易吃到甜甜的牡丹饼，也觉得有点苦涩，因此诞生了"八朔的苦饼"这样的说法。

1　在日语中，"田之实"和"依靠、托付"发音相同，均为tanomu。——译注

寿司一定要在江户吃

八月十日

（略）御纳户头片野八太夫、中奥御小姓森五三郎、大御番格小普请[1]高桥直三郎因某种原因初次于小书院排演，排演结束后，受邀食寿司，又携所余寿司归，以之为手信予直助（略）。

"寿司一定要在江户吃！"与伴四郎同样来自纪州田边的原田某，在《江户自慢》中如是说。

该书中写道："寿司为握，全无押制之物，调味上佳，上方无有与之比及之所，价亦贱。"说的是江户的寿司都是握寿司，没有押寿司，味道也比上方好得多，而且价格也便宜。读起来好像是很主观的评价，但由此也可以看出在江户握寿司受欢迎程度很高。实际上，据说在江户每个町都有两三家寿司店。

寿司本来是一种储藏鱼的方式。盐渍过的鱼埋在米饭中，少则

---

1 小普请是一种职位，指旗本及其家人名下的无役无职之人，通常作为家臣。——译注

江户时代有很多资料记载了卖寿司的路边摊和寿司用的鱼肉等材料。

《守贞谩稿》（东京堂出版）

数月，多则三年，这样做鱼不会腐烂反而会令氨基酸增多，使其味道更佳。另外米饭在这个过程中自然发酵，因此鱼也会变得带有酸味。所以据说寿司本来写作"酸司"。这样的寿司称为"熟寿司"（史料中也会写为"驯寿司"），琵琶湖的鲫鱼寿司就是这种熟寿司，至今都十分有名。

在江户时代初期，开始制作腌渍时间较短的鲜熟寿司，有图画中绘有寿司店将装寿司的桶排成一排的景象。后来到了宝历年间（1751~1764），发明了将醋拌入米饭中的做法，将之称为"早寿司"。

卖寿司的路边摊，摆盘也很漂亮。
喜多川歌磨《江户爵》（局部，饭野亮一
《寿司 天妇罗 荞麦 鳗鱼》，筑摩学艺文
库）

在那之后，出现了押寿司，是指将米饭放入木箱之内，然后铺上鱼，
再用压板压制而成的寿司。在握寿司登场之前，押寿司是一种非常
普遍的寿司，至今大阪的鲭鱼押寿司，也是知名的关西特产。

这天在日记中写道，伴四郎一行进行了衣纹道的演练之后，受
到了宴请。这个时候，他们吃的应该就是握寿司。握寿司是在文政
年间（1818 ~ 1830）于江户制作出来的，在用手捏握过的醋饭上面，
放上鸡蛋卷或鱼贝类，就制成了握寿司。寿司所使用的材料被称为

"寿司种"，多是从江户的"前"方，即江户湾中捕获的鱼或者贝类，因此现在也管握寿司叫"江户前寿司"。

江户有很多卖握寿司的寿司店，但有很多小摊也卖握寿司。《守贞谩稿》中提到了多种寿司材料，有"鸡卵烧、对虾、虾肉松、白鱼、金枪鱼刺身、幼鲦、长条甜煮海鳗"，也有许多图画中绘有这些寿司，跟现在基本没有什么区别。另外也写道，吃刺身或者幼鲦寿司的时候，会在饭和寿司种之间放入山葵。还有，将新姜用醋盐渍制成寿司姜，这也跟现在一样。包装寿司外带之时，当时是使用大叶竹的叶片，现在主要使用一叶兰或者塑料。寿司的价钱在 4 文钱一个到 8 文钱一个，鸡蛋卷是 16 文钱一个。也有很多店出售送礼用或者请客用的高级寿司，但更多的是在路边摊上卖的廉价握寿司，它们可以称为江户庶民们创造出来的速食。不过与之同时，它也是由江户的自然环境培育出的慢食。

伴四郎也常常在外出时吃寿司，在酒宴上吃寿司，或者被宴请时吃寿司。这天的寿司有所剩余，所以带回了长屋，给等着他回家的直助作伴手礼。在接下来的一年里，伴四郎吃了 14 次寿司，其中一次是散寿司。

参观大名宅邸

六月朔日

朝又行往森川取药，其后行往大名小路，诸大名之屋宅一览无余，
暑气甚强，故与叔父买一晴雨兼用之伞。又观大名下城，幸得见主
上之归，其势可令飞鸟落也，诸大名小名下城实为令人瞠目，伊井
之后继亦于此日乘出也（略）。

抵达江户之后的第二天是六月一日，一到江户伴四郎就赶紧开
始各处参观游览。首先去的就是大名们的宅邸集中所在地，这地方
的路就叫作"大名小路"。这里广阔壮丽的宅邸鳞次栉比，在和歌
山是绝对看不到这番光景的。所谓"三百诸侯"在江户拥有无数的
藩邸，因此这里才有众多大名的宅邸。通过江户时代的绘画可以一
目了然地看出当时的状况，大名们的宅邸上标有各家的家名和家徽，
这些宅邸几乎占据了这里所有的空间。当时的大名小路，就位于今
日的丸之内一带。

接下来就是要看热闹，观看拜谒过将军之后从江户城中下来的

大名队伍。伴四郎这个时候很幸运，瞻仰到"主上之归"，说其气势可以将飞鸟震落。这里的"主上"就是指伴四郎的主公，纪州和歌山藩主德川茂承，不愧是御三家的队伍，果然气派，伴四郎这时候也充满了自豪感。伴四郎在日记中写道，即便不是像纪州德川家这样的重臣，其他大名从江户城中下城归来的队伍，其阵势也令人震惊。伴四郎还写道，当年三月三日发生了樱田门外之变，井伊直弼被杀，他的继任者在这天首次登城，所以肯定很多人都关注着他们的队伍。

大名们登上江户城拜谒将军，之后再从江户城中下来时的队伍，是江户一道有名的景观，尤其是每当有幕府的重要庆典之日，大名们要进行"总登城"，那时的队伍非常壮观。当主公大人进入江户城之后，其家臣侍从们则要在大手门或者樱田门前等地守候。通过绘有这些场景的图画（下页）也可以看出，有相当多的家臣在等着主公的归来，因此有很多商家向他们兜售商品。卖炖煮菜的就称为"煮卖屋"，他们用简单的装备就可以开店销售。他们中的大多数都是用扁担挑着食物，站着走着当街售卖，主要商品有蒟蒻田乐、甘酒、清酒、寿司、自己制作的果子，等等。

在江户城门前等候的家臣们。屏风上绘有正在聊天的家臣侍从等，还有向他们兜售商品的小摊和买卖人。（《江户城年始登城风景图屏风》，东京都江户东京博物馆收藏）

　　在江户时代，市面上有一本书叫《武鉴》。书中详细记载着各个大名家当家主人的姓名和家徽、其领地和藩邸所在地，还有他们的付家老及其他重臣的名字，以及队伍行进时所举之枪的形状等，成

175

为大家凑热闹观看大名队伍时的指南书。

这天之后，伴四郎在六月二十五日去了赤羽桥的有马家和萨摩藩岛根家的宅邸参观，除此之外也在日记中写到去其他大名的宅邸参观，有的时候还会去参观庭园。

在爱宕山远眺江户

首次来到江户，到处都是新奇之事，所以伴四郎频繁去各个名胜之地参观。首先让伴四郎感到惊讶的，就是江户之大以及其繁华程度之高。前面已经介绍过，伴四郎说江户庙会的热闹程度是和歌山的三倍。想要知道江户有多大，最好的办法就是爬上位于芝的爱宕山看一看。爱宕山是一座标高只有 24 米的小山，但是位置适宜眺望江户湾和江户市区，山顶上还有一座爱宕神社，所以爱宕山也是江户名胜之一。

伴四郎到了江户之后没多久，六月十七日就去参拜了爱宕神社，在日记中写道："环顾世界，在此眺望可得见江户的三分之一，语言文字皆不能道尽其广阔。"伴四郎说，在此可以眺望到三分之一的江户，壮观的大名宅邸、神社寺庙、普通人家院落林立，其广阔简直无法用语言形容。幕府末期的英国摄影家费利斯·比特（Felice A. Beato）在爱宕山上拍摄的照片中，记录了伴四郎所说的这种景象，这些照片被保留了下来，现在也能看到。从爱宕山返回时，伴四郎从增上寺穿过，他在日记中说增上寺大得让人难以相信它只是一座寺庙。现在的增上寺寺域虽然也很广大，但依然无法与江户时代相比，江户时代的增上寺曾是德川将军家的菩提寺[1]。

六月十七日的日记中还写道："诸道具锦绘之外工艺物品，诸物什之商店繁华。"商店里出售各种道具、锦绘或各种工艺品等，商店的繁华程度令伴四郎感到震惊。伴四郎这天喝了甘酒，吃了寿司，买了小孩子穿的肚兜和烟草盒。吃美食和买东西也是参观名胜的乐趣之一，不过小孩子用的肚兜，应该是伴四郎买给留在故乡的孩子的。

伴四郎还曾多次拜访同一个名胜之地。八月二十四日又去了一

---

1 指一家一族代代皈依，并在其中埋骨、举行葬礼、祭祀的寺庙。——译注

次前面提到的爱宕山，"买各色吃食"之后又买了一些大津绘[1]和佛教密宝。作为一个武士常常买各种零嘴吃，笔者觉得并不是很好，根据记账本中记录，伴四郎这天买的零嘴有糖煮栗子、两个栗饼、薄荷饼、油豆皮海鳗寿司、烤鱿鱼须、蒲烧豆腐、两碗杂煮，真的是吃了各色零食。另外，伴四郎买的"佛教密宝"具体是什么，就不得而知了，在记账本里也只写着"密宝书"。

江户观光与江户名品：从赤坂到浅草

九月二十日

（略）向岛的茶屋、料理屋及别墅等，其风雅不可以纸笔道尽，仅可艳羡也。遂参谒牛之御前，于此处之悬茶屋饮茶，食樱饼（略）。参谒浅草观音，于此处食浅草饼，遂于浅草通食寿司等，又于祇园豆腐食饭。

伴四郎有时也会到距离藩邸较远的名胜或者繁华闹市去游览。

1　一种日本的民俗画，常常绘有鬼佛等。——译注

去了爱宕山之后过了三天是六月二十日，这天伴四郎去拜谒了目黑不动尊。江户周围有五个地方布有镇守江户的目白、目黑、目赤、目青和目黄这五尊五色不动尊。其中目黑不动尊创建于平安时代，第三代德川将军德川家光在其中捐建了许多佛堂、佛塔、伽蓝院等，因此吸引了众多人前来拜谒。所产名品是饼花[1]、目黑饴和粟米饼，等等。但是伴四郎说目黑非常乡下，是极其寂静空旷之所，估计只有供奉不动尊的寺庙里才人声鼎沸，其余之处都是一片田园牧歌的景象。不过伴四郎也在日记中写道，在附近多达十家的茶屋中，看到了不少美人。看来茶店都靠美丽的女子来吸引客人。

接下来就从江户的农村，到当时最有名最热闹的地方去看看。九月二十日，伴四郎从赤坂纪州和歌山藩的中屋到浅草去观光。他所使用的交通工具，当然就是自己的两条腿。从赤坂到浅草，直线距离也有七公里之远，但丝毫不见伴四郎叫苦。

首先参拜了位于向岛的三围稻荷神社。在向岛可以望见隅田川，因此也是个名胜之地，文化三年开设了有名的向岛百花园，周围有

---

1 将各式各色小糯米饼糕穿在柳枝上，制成的像花枝一样的装饰品。——译注

不少名刹古社，还有很多高级饭店，以及经营大店的富豪商人或显贵武士的别墅等。伴四郎也觉得非常羡慕，他在日记中写道，用语言难以形容那风雅的氛围。对于伴四郎这样的下级武士而言，恐怕这完全就是另一个遥远的世界了。在这之后伴四郎又在牛之御前（牛岛神社）的茶屋吃了樱饼。

这一带位于隅田川的东岸，被称为"墨堤"，是樱饼的发祥之地，因而十分闻名。享保二年（1717），第八代将军德川吉宗在猎鹰的时候来到这里，认为这边无甚风景颇为寂寥，因此命人在隅田川的堤坝上栽种樱树。

在吉宗时代，幕府的统治根基已经开始动摇，吉宗将军通过享保改革再次巩固了幕府的统治地位，因此被后世认为是"名君"之一。伴四郎所吃的樱饼，实际上正是拜名君吉宗的"公园"政策所赐。除了此处之外，吉宗还命人在飞鸟山（今东京都北区）、御殿山（今东京都品川区）栽种樱树，在中野（今东京都中野区）开设桃园，在江户创造出了很多新的名胜之地。这些政策的目的之一，就是为了给江户人创造出可以休憩的"公园"。有很多人到名胜墨堤来访，因此也以这些人为目标客户群，开设了不少茶店。照顾这些樱

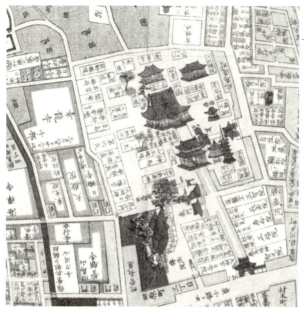

可参拜、可游兴，浅草对于居住在江户的人们来说是娱乐场所。

（《尾张屋版切绘图》，日本国立国会图书馆数字馆藏）

树的花销，就由茶店所赚的利益来支出。

　　樱饼是由隅田川附近长命寺中的工作人员发明的。首先要用盐腌渍樱树叶，然后再把豆沙馅儿年糕包在盐渍樱树叶里面，这就成了樱饼。樱饼是点亮墨堤的江户名品，最初发明樱饼的店现在还在，

飞鸟山的樱树，也是拜德川吉宗的公园政策所赐之物。

《江户名所花历》（局部，《日本名所风俗图会 3 江户卷 1》，角川书店）

不过江户时代用的是两片樱叶，现在是用三片樱叶。这里用的樱叶是大岛樱树的叶子，现在静冈县伊豆地区（松崎町）所制的樱饼常用大岛樱。

　　现在人们常认为樱饼分为东京式樱饼和关西式樱饼两种，以小麦粉为底料制作的是东京式，以道明寺粉[1]为底料的是关西式。但

1　由大阪的道明寺创造的一种粉料，将糯米蒸过之后再风干，然后磨成易于保存的粗颗粒，即为道明寺粉。——译注

其实即便单是江户的樱饼，所使用的材料也经历各种变迁，用过糯米也用过葛粉等，经历了很长的岁月才成为现在的样子。粽子和柏饼等也跟樱饼一样，制作时会使用植物的叶子，其特征是先要用盐腌渍叶片。也就是说，要将包裹果子的叶片，也制成可食用的状态。的确，樱叶味咸，和甜甜的豆沙一起放入口中时格外美味。不过，也有很多人会将樱叶剥下，品尝浸入饼中的樱叶香气。虽然只是一枚小小的樱饼，但有很多享用的方式。

樱饼成了名满江户的名品，那它的销量到底有多大呢？文政七年（1824）一年里，这家店用了 775000 片樱叶，每个樱饼用去两片，可见一共制作了 387500 个樱饼，平均每天销售 1076 个（《兔园小说》）。

伴四郎一行人，到隅田川对岸去观看了待乳山圣天[1]的祭礼，又在浅草寺观音庙吃了浅草饼，浅草饼是跟雷起米饼[2]同样有名的浅草名品，其美味令伴四郎咂嘴不已。浅草饼是一种很有历史传承的名

1　位于现东京都台东区浅草的本龙院。山号为待乳山，供奉的欢喜天菩萨也称圣天，因此被称为待乳山圣天。——译注
2　一种将米条烘焙膨化之后，混入糖浆、砂糖、花生等，冷凝之后切块制成的米果。——译注

品,《町方书上》一书调查总结了江户的街町概况和由来等，并将其提交给幕府，其中就提到了浅草饼。书中说，享保十一年（1726），浅草传法院大法师题写了"名物金龙山浅草饼"的招牌，直到今天都在浅草寺仲见世[1]的传法院门前出售。在浅草寺附近，诞生了米馒头和几世饼等江户闻名的果子。

米馒头之所以称为米馒头，一说是待乳山圣天山下的鹤屋家女儿名叫阿米，她最先制作贩卖这种果子，因此叫作米馒头。但其实是因为，它是一种用米粉制成米粒形的和果子，因此才叫米馒头的。在店里卖的时候也要放在扁担里做成沿街叫卖的样子，而且售出的时候都要把它再热一下，这种方式到现在也没有改变。

伴四郎这天没有吃几世饼。几世饼是一种在年糕上面放上甜煮小豆制成的果子，也是非常有名的江户名品。相传住在两国桥头的小松屋，迎娶了曾经落入风尘的吉原女郎[2]为妻，妻子本名叫几世，于是用妻子的名字给这种果子命名，夫妻二人一同售卖此饼。有很

1　"仲见世"原本泛指寺庙或神社域内的店家，但由于浅草寺内的仲见世非常知名，现在提到仲见世往往专指浅草寺内的仲见世。——译注
2　吉原为江户时代有名的花柳街。——译注

多人出于好奇心来看几世长什么样子，因此吸引了众多客人。在两国的一家店和在浅草的另一家店都卖几世饼，两家争夺几世饼鼻祖的名号，闹了官司，后来有名的官员根岸镇卫在《耳囊》这本书中记录了这件官司。这些江户名品不仅受到江户庶民的欢迎，对于像伴四郎这种从全国各地到江户赴任的勤番武士来说，它们也很知名。

参观浅草的最后一步，是吃寿司和起源自京都的祇园豆腐。回家的路上看到了日本桥的夜景，伴四郎惊讶道，跟白天的景象全然不同。日本桥是江户的商业中心，有很多像三井越后屋这样的大型商店，另外路上也有很多路边摊出售各种商品。

不管怎么说，伴四郎一行这一天看了热闹吃了美味，产生了诸多讶异的感慨，度过了愉快的一天。伴四郎经常在江户各处参观游览，不过之后有一次民助和叔父等人邀请伴四郎一起参拜水天宫，却被伴四郎拒绝了。关于拒绝的理由，伴四郎在日记中写道："每日每日皆外出置物亦甚有之（十月五日）"，也就是天天出门，所需费用太多，由此可见伴四郎勤俭节约的一面。

浅草的鬼怪和甜煮海鳗

七月十六日

晴天大暑，权父、房助、丰吉、善吉、余一行五人同出，往浅草广
小路镝川堂疗治白癣，先于上野前食饼，后于浅草前食荞麦，遂于
医师处观看疗治、参谒观音、观鬼怪之杂耍。在此处落了点阵雨，
往食海鳗、芋、蛸之甘煮，以此饮酒，食饭，遂去往吉原观看，初
次见花魁道中，食西瓜一角，遂往两国桥行（观看角力等略）。

这天一行五人来到了浅草广小路治疗白癣。特意从赤坂走到浅
草来，估计是这边有知名的医生。一路上先是在上野附近休息了一
下吃了饼，又在浅草一家叫作"月若"的店里吃了荞麦面，最后到
医生那里接受了治疗。不过伴四郎在日记中写道"观看"医师疗治，
所以估计伴四郎自己并没有接受诊治。

治疗结束之后参拜了浅草寺的观音菩萨，然后去看了"鬼怪"
杂耍。在江户这样的大都市，有各种各样的娱乐活动，杂耍和戏剧
就是其中之一。在京都的四条河原、大阪的难波新地、江户的两国

桥东西两侧桥头和浅草奥山有很多这样的娱乐活动。伴四郎所看的"鬼怪"，一定是在浅草奥山出演的。所谓奥山，是指浅草寺本堂以里的总称，指三社权现到若宫稻荷之间一片广大的区域，在那里建起了很多看杂耍的小屋。

说起杂耍，应该有不少上了年纪的读者会回想起，庙会或者节日之时在小棚屋里看杂耍的记忆。笔者自己也有印象，小学的时候每当庙会神社境内就会架起杂耍小棚，不过很遗憾，笔者好像从来没有进去看过杂耍。那时的杂耍，是在举行庙会等庆祝活动的时候才有，在江户时代的浅草和两国，却是有长期设立的杂耍小屋。不过这些杂耍小屋所在的地方，都是从日常生活中脱离出来的、带有庆典色彩的场所，有着很强的非日常性。

那当时的杂耍表演都有些什么呢？首先是"杂技"和表演骑术的"曲马"，将装米的巨大草包或者大块岩石举起来的"力士"，这些都属于"曲艺"；还有观看大象、骆驼、老虎等的"动物杂耍"；有通过小孔观看奇异景象的"西洋镜"；还有简直跟活人一模一样的"生人形"，也就是现在的蜡像的前身。还有用涂成彩色的竹子编成的人偶，再现了《三国演义》中的场景，称为"笼工艺"，或者彩色玻璃的工艺品等，这都统称为"工艺杂耍"，其种类相当繁多，无法一一列举。

现在说起杂耍，通常觉得不是什么高雅之事。但在伴四郎的时代，曲艺很发达，幕府末期也有前往美国表演并广受好评的杂技师。另外，从伴四郎生活的时代再往前数四十年，有制作了7米高的关羽像的笼细工，受到极大的好评，据说在100天内有四五十万人拥到浅草奥山观看，可见当时大约一半的江户百姓，都来观看了这个竹扎关羽像。

看杂耍需要收门票，在江户票价为28文（约560日元）到42文（约640日元）。如果是这个票价，一般都是比较大型的杂耍场，即便名字也叫杂耍小屋。如果按字面意思是真正的"小"屋，价钱大约为16文、12文或8文，对于庶民来说也是可以负担得起的娱乐。伴四郎一行看的鬼怪，不知道票价几何。

看完杂耍之后下起了阵雨，所以伴四郎一行进入一家店稍事休息，伴四郎点了甜煮海鳗芋头和章鱼做下酒菜，喝起了酒。看到伴四郎这个样子，笔者觉得所谓治疗白癣好像不过是这天外出的一个借口一样。海鳗可以清蒸，可以炖煮，也可以做握寿司的材料，至今也是很受欢迎的一种鱼，在江户近海可以捕到很多味美的海鳗。与海鳗相似的鱼还有鳗鱼和狼牙鳗。在江户时代，还有将蒸海鳗伪装成鳗鱼出售的，看来鳗鱼比海鳗更贵。西日本地区可以大量捕获狼牙鳗，因此京都大阪一带制作狼牙鳗的调理方法非常发达，点缀上梅肉吃的是狼牙鳗落肉，将狼牙鳗皮燎烤一下之后切薄片可以做成涮锅，或者将狼牙鳗皮烤脆之后拌黄瓜等，有各种各样的吃法。不过狼牙鳗的细刺很多，吃的时候必须要仔细剔除。另外，狼牙鳗还可以做鱼糕的原材料。

说起海鳗，除了江户近海之外，在濑户内海也可以捕到优质的海鳗，所以广岛的海鳗寿司多为名品。伴四郎一行吃的海鳗，是和芋头还有章鱼一起调甜味做的炖煮菜，各种材料的味道非常相配，光听这些材料的名字就觉得很好吃。江户料理的特征之一是调味偏甜，19 世纪之后国产砂糖的生产量和流通量都有所增加，因此江户人做饭时常用砂糖调味。另外，味淋也是江户料理中不可或缺的调味料之一，江户近郊的下总流山所产的味淋已经成了当地的名品特产。

吉原的花魁游行与两国

伴四郎一行吃了海鳗之后喝了杯酒，然后就去往吉原，但没有登上青楼，只是看了花魁游行。吉原是幕府官方许可的花柳街，位于浅草附近。花魁游街根据时代不同也有变化，在伴四郎的时代，客人们要先在候场的茶屋等候，然后娼妓则要到茶屋来迎接客人，这就是当时的花魁游街。先是年轻的男仆们提着灯笼开道，然后是被称为新造女郎的年轻女仆紧随其后，后面是主角花魁带着小丫鬟迈着"外八文字步"[1]行进，后面是负责照顾高级头牌的番头新造，最后是负责监督管理她们的人，类似于经纪人跟在后面。不过非常遗憾，观看了花魁游行的伴四郎，并没有在日记中写下什么感想。

农历七月虽说已是秋天，但残留的暑气依然不可小觑，于是伴四郎买了一块西瓜解暑。在江户的街头，有很多卖西瓜之类的水果摊，卖水、卖凉粉的小摊，或者挑着扁担沿街叫卖的人，这也是江

---

1 与我们日常所说的外八字脚并不相同。外八字脚指的是走路时足尖朝外，但"外八文字"是江户时代娼妓的一种特殊步法，行走的时候要将脚先向身体外侧踏出，画一个半圆之后再在身体前方落地。——译注

元禄五年，新吉原大门内附近的热闹景象。

福田利子《吉原曾是如此之所》，筑摩文库

户夏季一景。

　　图画中也绘有商家将一块块西瓜摆在板子上售卖的景象，炎热的天气里吃块西瓜会觉得格外美味。不管怎么说，在江户的街头，走着走着总能看到卖各种吃食的小摊，这是一个可以满足人们对一切食物的欲望的城市。

　　稍微再往前走一点就是两国桥，两国桥是一座横跨隅田川的桥，曾连接着武藏国和下总国，因此叫作两国桥。不过后来隅田川东岸也并入了江户，两国桥的东、西两岸发展成了江户首屈一指的繁华闹市。两国桥的东、西桥头上，都有以戏剧小屋和曲艺小屋为首的杂耍小屋，旁边林立着卖日用杂货的小店，以及雇用漂亮的女子吸引客人的水茶屋。江户的百姓，还有像伴四郎这种从全国各地来到江户的人都聚集于此，也有觊觎他们钱包的小偷在此横行。

向桥下望去，可以看见艺伎们乘坐的屋形船不断往来，五月十八日开河之后就有放烟火的，这就是江户有名的两国烟火，只要有人赞助，一直到八月二十八日每天都可以放。在屋形船上享乐的富豪们放烟火，平民百姓也可以观看。一座都市具有了一定规模，就需要有像两国或者浅草这样满足人们种种欲望的繁华闹市。

这就是伴四郎这一天在两国所看的杂耍，写了各种各样的事情，内容稍显零散，就介绍到这里。总而言之，幕府末期下级武士的娱乐内容，跟庶民并没有什么区别。

清凉饮料

六月十五日

（略）近藤来，众人同道往赤坂、曲町、四谷。归时，于四谷河岸饮麦汤、葛汤，其费与兵马借。

抵达江户后过了半个月，同住的人也分别出门了。伴四郎同近藤兵马和另外一位"御小人"一起在藩邸周围散步闲逛。这附近是伴四郎每天都要经过的地方，对伴四郎来说，这就是毗邻藩邸的"老家"。这里的御小人，估计是指跟伴四郎很亲近的矢野五郎右卫门。

伴四郎在四谷的河岸喝了麦汤和葛汤。河岸本来指河川的堤岸，或者从船上卸货、码货的地方，但这里应该是指玉川上水渠的渠岸。玉川上水渠发源自多摩川上流羽村，流到四谷的大木户（新宿御苑附近）汇入暗渠。

江户有不少地方是填海造地，所以即便挖井，涌上的也是咸水，令人颇为苦恼。因此江户时代初期就开始开发上水渠。但即便如此水还是不够用，有很多地方要靠船来运水（见本书第二章第2节"江户的饮用水与'夜巡者'"）。另外夏天的时候，路上有戴着草笠打扮得很清凉的人，叫着"候儿凉、候儿凉"[1]地在卖水，一杯水4文钱，根据客人的要求还可以加入白砂糖或小白团子。装水的杯子往往是黄铜制的或陶制的，如果多加糖的话价格也会提高，变成8文钱或12文钱。伴四郎六月二十二日在上野茶屋喝的"白玉水"应该就是这种饮料，加上茶钱一共花了多达68文（约1360日元）。

伴四郎喝的麦汤，是将带壳的大麦煎炒过后熬煮而成，虽说叫汤，但也是晾凉之后喝，也即所谓的大麦茶。葛汤是将葛粉和砂糖溶在热水中制成的，同样是晾凉了喝。六月十五日，换算成阳历就是8月4日，正值酷暑，因此伴四郎这天喝了麦汤、葛汤，估计甚是解暑。除此之外，还有一种夏天的饮品叫作枇杷叶汤。这是去除枇杷叶上的绒毛之后晾干，然后将切碎的肉桂和土常山叶跟枇杷叶混合在一起熬煮而成的饮料。

伴四郎仅在六月一个月里，就喝了四次甘酒，二十二日在浅草

1　原文为关东一带的方言土语。——译者

喝了三杯。这时所喝的甘酒估计是热的。冬天江户卖甘酒的人随处可见，冬日里体寒，人们往往通过喝甘酒来温暖身体。先将米做成粥，然后稍微冷却之后加入曲，趁着还没发酵，就做出了可以喝的甘酒，也有在甘酒中放入酒糟或者调味更甜的甘酒。因为甘酒很快就可以酿成，所以又叫"一夜酒"。《守贞谩稿》里写道，在幕府末期，不仅仅是在冬天，四季里都有卖甘酒的，价钱大约是 8 文钱一碗。伴四郎所喝的甘酒也是这个价钱。

这天伴四郎好像手头没有带钱，向近藤兵马借了用来买葛汤和麦汤的 20 文钱。这天伴四郎花了 52 文钱用于"慰问"，但很遗憾，"慰问"的具体内容没有写下来。"慰问"的钱是否同样是借来的，日记和记账本中都没有提及。

听落语、看戏、看老虎

八月十八日

晴天，直助愈愈不善，朝午无菜之故，早早做午饭，兼为早午之食。民助来，相约午后同往浅草参谒，遂午后与民助同道而出，于上野买烟管有五，遂于浅草参谒，食甘酒、寿司，后于浅草腹中大空，幸有祇园豆腐，试入。民助嫌之遂先行，余于此食饭，后往两国桥，观虎。（略）往日本桥，于此途中须原屋买《武鉴》，又买仙女香，后往久保丁原食荞麦。（略）余以豚锅饮酒一合归。（略）虎为大犬左右，生后七月之虎，仍为子虎也（略）。

继续讲讲伴四郎的娱乐。前面提到去浅草、两国参观的前一天，八时（下午两点左右）去了赤坂一木听"落咄"。落咄就是指落语，在江户随处都有可以听落语的小剧场。这一天的小剧场内是一片"无人"的光景，看来没什么客人，伴四郎听了整首新内节的《明乌梦泡雪》，还有三段落语，不过没有写具体听的哪些落语剧目。

去小剧场听落语是伴四郎的爱好之一，除此之外他也常去看戏。数数次数的话，就会发现伴四郎平均一年里去看戏 6 次，去小剧场 8 次。当然其中也有便宜的票，但是从伴四郎的时代开始，看戏就被认为是一种有点奢侈的娱乐。伴四郎看戏的花费每次不等，有一次是 1 贯 400 文钱，另一次是 2 贯 85 文钱，还有一次是 2 贯 500 文钱。这与伴四郎平常的花销相较，是一项很大的支出。不过无论是学三味线也好，还是看戏也好，伴四郎对于自己喜欢的事情是从不吝啬的。

那么回到日记中来看看伴四郎在八月十八日这天都写了些什么。这天直助的身体不好，伴四郎也在好多天的日记中以描述直助的身体状况开始（见本书第二章第8节"勤番武士的'抗病记'"）。另外这天从一早开始就有令人难过的事，那就是这天没有"菜"，即没有配饭吃的副食。没办法，伴四郎只好早早煮了饭，吃了一顿早午饭草草了事。

这天伴四郎也是和民助一起去了浅草参拜。不管再怎么喜欢玩乐，每当到浅草去的时候，首要目的还是参拜浅草寺。估计这也体现了伴四郎的虔诚，或者反过来说是为了消解玩乐过多的罪恶感。不过对于江户时代的人来说，去神社或者寺院参拜这件事本身就是一件让人高兴的事。伴四郎多次前往浅草，可见对他来说浅草是个极为有趣的地方。

抵达浅草之前，伴四郎在上野买了烟管，一下子就买了五支，估计是有其他人拜托他买的。伴四郎参拜了浅草寺之后又喝了甘酒，吃了寿司。笔者觉得甘酒和寿司配在一起感觉很奇怪，不过人各有

两国回向院的热闹景象。
《江户名所图会》(《新订 江户名所图会 6》, 筑摩学艺文库)

所好。然而片刻之后伴四郎就抱怨"腹中大空",也许是因为午饭吃得太早了,不过幸好发现了卖祇园豆腐的店,在那里品尝了豆腐,吃了饭。所谓祇园豆腐,是将穿在竹签上的豆腐烤制之后,涂上研磨过的味噌酱,再撒上道明寺粉吃的田乐豆腐。最初在京都祇园社(八坂神社) 门前的二轩茶屋开始售卖,因此得名。

去了浅草之后,又去了两国凑热闹看杂要,这次看的是老虎。虽说是杂要,但可不是将一张虎皮贴在板子上敷衍了事的骗人玩意儿，而是能够看见活的老虎。这是一只出生刚满七个月的小老虎，体型和大狗差不多。另外，另交 700 文钱（约 1400 日元）的话，就可以看老虎吃鸡，不过这有点贵。至于老虎吃的鸡是活的还是死的，日记中没有写。即便如此，700 文钱也还是挺贵的。这只老虎由荷兰人带到长崎来，是一只价值 1700 两的昂贵老虎，因此主人大概是想多赚点回本。

这只老虎还曾经呈贡给将军观赏过，但其实它根本就不是老虎，而是一只豹子。日本本来没有老虎这种动物，所以大概他们认为将豹子伪装成老虎也不会被拆穿。不过，以前在日本还有过一种说法，认为豹子就是母老虎，所以说不定"老虎"主人也并不是特意说谎。

类似这种看动物杂耍，其实很久以前就有。其中也不乏闹笑话的，比如说号称可以看见黄大仙，但进了小屋发现是在大板子上沾了血[1]而已。不过正经的时候常常看的是大象和骆驼。在第八代将军德川吉宗的时代，大象首次被带到日本，从长崎运送到遥远的江户来，途中路过京都，也供奉给天皇过目观赏。那个时候，朝廷还赐

1　日语中"大黄鼠狼"和"大板子血"发音相同，为 ooitachi。——译注

给这头大象一个"从四品"的官位，因为没有品级的人是不可以出现在天皇面前的。吉宗将军观赏过后，这头大象就在浅草面向江户的市民开放观赏，是将军特批的杂耍。在那之后，每当有人带来了大象或者骆驼，都为好奇心旺盛的江户人提供了绝佳的谈资。

在看老虎的小屋里还偶然碰见了叔父，但是跟伴四郎一起来的民助没有看老虎就回去了。看来虽说是一起来到浅草，但看来是可以各自分头行动，比较自由。从两国回去的路上，伴四郎路过了日本桥有名的书店须原屋，买了《武鉴》和"仙女香"。《武鉴》是记载了大名和旗本武士相关信息的书，有一本在手边拿着看会相当方便。仙女香是由京桥区南传马町三丁目的坂本屋出售的香粉，名字起源于歌舞伎旦角名伶三世濑川菊之丞的雅号"仙女"，也叫美丽仙女香。据说涂上薄薄一层就可以变为美女。伴四郎花了 250 文（约 5000 日元）买了五个。当然不是买给自己用的，估计是要送给留在故乡的妻子。如果说在江户要送给谁香粉的话，那应该就是教他常磐津的先生，或者平日帮他洗衣服的上总屋的老板娘。但在日记中没有写具体要送给谁。

从日本桥回去的路上伴四郎又觉得有点饿，于是在久保町原吃了荞麦，之后又在桐原吃了猪肉锅喝了酒才回家。可见伴四郎游览江户就是走了很多路、吃了很多顿饭。去各处名胜参观、参拜寺院神社固然重要，但与此同时，品尝美食也是伴四郎游览的目的之一。

伴四郎的穿衣打扮与赏菊活动

十月七日

晴天，两人于例行之刻出殿，余留守居处，九时过后归来。后森五三郎来，与之杂谈片刻，借衣文方之书两册，言今日观菊何如，相约三人同往后归。有片刻整理身上诸物，余内着米泽织编袴，羽织亦为最上等，大为堂堂，直助言仅着寝服而往，叔父言初次行往之所，吾等又为衣文方，稍稍笃诚穿着为宜。（略）叔父与余同往，五三郎着袴出，其母亦裾长而出，初逢故作寒暄（略）。

今天伴四郎留在长屋里看家，不用去上班。午饭过后叔父他们也回来了，之后有一个名叫森五三郎的人到访。五三郎在中奥里做扈从，非常积极地练习衣纹道，还从叔父那里借了两本关于衣纹道的书，看来是非常热爱学习。五三郎还邀请伴四郎一行三人去观赏菊花。这时正是菊花盛开的季节，各种各样的菊花争奇斗艳。

好不容易有人邀请一起看菊花，伴四郎穿上了米泽织制成的条纹（缟）袴，穿的外套（羽织）也是最高级的。他还在日记里写道，今天自己的仪表是"大为堂堂"，可见精心打扮了一番。不过直助却说要"仅着寝服"就去，估计是指直助穿的衣服像睡衣一样，可见直助是相当没花心思打扮。

叔父也规劝他们，一来首次去拜访五三郎家，二来自己本来就是做衣纹道的工作，所以更应该花点心思挑选合适的服装。结果，直助就留在家里没有去，伴四郎和叔父两人去拜访了五三郎。五三郎也穿着袴，打扮得甚是整齐，五三郎的母亲也穿着长裙裾的和服。还好穿"寝服"的直助没跟他们一起来。另外，五三郎是和他母亲同住，所以应该是常驻江户的藩士。

三人一起去了百人町。这里是赐给伊贺铁炮百人同心组[1]的屋宅，位于现在的新宿区新大久保附近。那里还有叫作"二十五骑町"

---

1 善使火炮的百人小队。——译注

的地方，是赏赐给二十五与力[1]的屋宅。

他们先是参观了一位名叫上野的与力[2]家的屋宅庭园。伴四郎在日记中说，这庭园设计风雅，相当漂亮，菊花的花坛估计是花了10两左右的重金建的。伴四郎这还给人家估算上了价钱。接着参观的第二家，庭园的面积就只有上野家的十分之一左右，但伴四郎称赞他家栽种的菊花开得极好。大久保百人町以花和庭园而知名。在这居住的同心们，都非常愿意栽种杜鹃和菊花等，每到花季就有很多人到这里来赏花，因而成为江户的知名景点。特别是杜鹃花非常有名，所有武家庭园里均有栽种，铁炮队员们更是辛勤地栽培杜鹃。大久保百人町在不同季节里有不同品种的花卉装点，感觉是个非常风雅的场所，但其实栽培花卉已经成了铁炮同心们的副业。

到了明治时代，武家庭园逐渐凋零荒废，不过后来杜鹃园有所复兴，当时的甲武铁道就是如今 JR 中央线的前身，这条铁道为了增加客流量，贴了很多杜鹃园的海报以吸引乘客。不过最后杜鹃园还是在大正八年（1919）被废弃，现在已经没有了。不过，在大正四

1　与百人组一样，都是幕府的武装队。——译注
2　"与力"和"同心"都是职称名，江户时代的与力主要负责司法、维持治安等。——译注

年的时候，将栽种在大久保杜鹃园中的六百株雾岛杜鹃树转移到了群马县馆林市，现在每年依然都有很多人到馆林去观赏杜鹃花。

美味的家庭料理

十月七日（续）

（略）诸后已至夕时，又往五三郎处大受款待，金枪之刺身，酒前菜为半月崩，切卷玉子，冻物，长芋砂糖煮，芸豆砂糖煮，实乃绮丽又味美，又置都芋味噌汁盐押小茄子，茶渍饭，食饭饮酒甚多。后弈棋，余让之五子以两子负之。四时半归，携手制芋牛蒡为手信归。

伴四郎一行看完花回来，在五三郎家里受到了款待。首先吃的是金枪鱼的刺身。现在吃刺身时，金枪鱼已经成了必点的鱼，鱼腹部脂肪丰厚的中肥、大肥也非常昂贵。然而在江户时代可捕获的金枪鱼数量很小，还被人们认为是一种低档的鱼。不过到了幕府末期金枪鱼已经开始大为普及，伴四郎一行有时也会买切段的金枪鱼肉。

饭前小菜是半月崩和鸡蛋卷。所谓"崩"，是指什么样的食物呢？据说在和歌山的方言里，管鱼糕叫作"崩"。另外不用木板或者竹筒定型的鱼糕据说也称为"崩"，不过伴四郎提到了半月形，所以估计是把鱼糕放在板子上定型过。鸡蛋卷是将蛋液一点点倒入锅中，一边煎一边卷，由此制成的；也有可能是指在薄鸡蛋饼上放上鱼肉后卷起，再蒸制而成的食物。

"冻"可指多种食品，一般来说，是将琼脂或者葛粉溶解，加入各种食材后使其凝固制成的食物，也称为"煮凝"，或者"寒天寄"。日记中没有具体写到"冻"里面有哪些食材。

还有糖煮山药（山芋）和芸豆。江户时代后期，做菜时加入的砂糖量有所增加，甜口江户菜已经定型。

都芋味噌汤，指的应该是京芋（芋头中的一种），还做了盐拌小秋茄，最后是茶泡饭。当然也喝了酒，最后还将炸芋头和炸牛蒡作为伴手礼带了回去。这顿饭与日常自己所做的饭菜很不一样，让伴四郎品尝到了很多既赏心悦目又异常美味的食物。单身赴任的武士饮食生活通常非常简朴，但这天五三郎家的家庭料理却是一顿不可多得的美味。

雨中参观江户庭园

前面也提到了，在江户有飞鸟山、墨堤、中野的桃园等由幕府特地建造的"公园"，这些公园就是可以让庶民休憩的庭园。另外其他很多庭园位于大名藩邸或者武家宅邸中，抑或建于寺院神社中。江户土地面积的 64％ 为武家之地，再加上寺庙神社用地则一共占了80% 左右。武家之地或者神社佛阁中都附建有庭园，以六义园和后乐园为首，有很多大名宅邸的庭园保留至今。也有不少像大久保百人町那种武家宅邸，会将精心照料的庭园开放给公众观赏，可见江户完全可以称为一座庭园都市。

因此江户需要很多栽种在庭园中的观赏树木，在巢鸭附近的染井村就聚集着很多卖盆栽和观赏树木的店家。比如九月二十六日的日记写道，伴四郎前去染井，那里盆栽店数量之多、庭园之风雅让他感到震惊（见本书第五章第 14 节"在江户看洋人"）。

现在具有代表性的樱花品种就是"染井吉野"樱花，它诞生于幕府末期的染井村。此外，有一种菊花称为"巢鸭造"，在一棵植株

鸟取藩芝金杉宅邸中的庭园图,一座非常美丽的庭园。

(《江户下屋庭园图》,鸟取县立博物馆收藏)

上可以开两三百朵大小相同的花。不过《江户自慢》的作者说,比起这样的菊花,还是上方品种多样的菊花更为美丽,并称用千万朵菊花做人偶的衣服是"俗中之俗"。

    像伴四郎这种勤番武士住在大名宅邸之中,也就是说他们所住之家里往往都附有大庭园。但是他们并不可以随时随地自由参观庭园。想参观和歌山藩的庭园也并不容易。但是从和歌山到江户来赴任的勤番武士,如果提出申请,是可以得到参观庭园的特殊许可的。伴四郎就在十月五日得到许可,批准他去参观会客堂和庭园,并得到指示，让他于第二天的五半时（上午八点左右）前往御用房。不过赤坂中屋的庭园甚为广阔，面积超过 10 万坪（约 33 万平方米）（《南纪德川史》第十七册），估计伴四郎不可能将整个庭园都参观完。

第二天六日一早，先在伙伴的房间里集合，一行共有九人在御庭侍从的带领下参观了庭园，并且庭园里的茶屋内受到款待，吸了烟喝了茶。参观庭园之后的感想，伴四郎说用语言文字根本无法道尽，可见相当漂亮。也有很多图画绘制了这些在江户的大名藩邸中的豪华庭园景象，通过这些图画我们也可以领略当时的庭园美景。

其实，这天是伴四郎拜谒主公德川茂承的日子，称为"御目见"。庭园里有一座叫作内苑的园子，那里面有一座洗心亭（西御茶屋），大家站在洗心亭前面一同鞠躬行礼，主公恰好就站在伴四郎面前。主公说让大家抬起头来，不过大家都诚惶诚恐地不敢抬头，只有伴四郎缓缓抬起头，看见了主公的面庞。伴四郎在日记中写道，主公"御想（伴四郎原文如此）实为柔和，着八丈缟之服，及茶色肩衣"，至于主公穿的是什么样的袴，伴四郎说自己并未"留意"。

伴四郎与其他人不同，其他人皆"不知主公为何样人物"，可见伴四郎很有气魄。拜谒主公，这会是常见之事吗？其实像伴四郎这样的下级武士，应该是没有什么机会直接拜谒主公的。所以一般在这种非官方的场合进见，而且不是在议事的大殿中，而是在庭园里拜谒一下主公了事。和歌山藩里，称为"家中"的家臣们，从上级藩士到中等阶级左右就有一万多人，有些驻守和歌山，有些常驻江户，其中光是藩士就有四千人左右，所以通过这样的御目见，来建立藩主和下级藩士之间的情感联系。

藩邸内的庭园平常不允许入内参观，但每年二月和十月这里会举行活动。二月是在园中的稻荷神社庆祝二月的初午，即第一个午日[1]；十月则在园中的秋叶神社开庙会。在这两个日子里，家中十五岁以下的男孩也被允许进入庭园。主公会观看放鹰，也会像狩猎时驱赶鸟兽那样，参加赶鸟[2]的活动。另外，一将橘子或果子撒出去，就会有很多小孩争先恐后地去捡，一直到明治中期前后还有很多藩士怀念这样的场景（《南纪德川史》第十七册）。

1　以十二地支为日子命名，每十二天一循环，类似于现在每七天一循环的星期制。——译注
2　原本是为了驱逐田地中偷吃粮食的鸟，后来发展成一种模仿赶鸟、预祝丰收的仪式。——译注

十月十九日，去参观本藩位于芝的屋宅中的庭园，偏偏这天阴天，要下雨的样子，最后在"甚为风雨"中被淋得浑身湿透，但还是坚持去参观了庭园。好不容易来看"如果子般绝景之庭"，却没能好好欣赏，伴四郎在日记中放言道，如果能在晴天观赏这庭园的话，死了都不觉得可惜。这一年的阴历十月十九日换算成阳历的话就是12月1日，而且和歌山藩的芝宅邸离海很近，由此这场风雨中"寒风浸透心身"，导致伴四郎有点感冒。

这天去参观庭园，结果从外套到袴到衣裳全都湿透了，而且在纪之国坂雨伞还被吹坏了，真是遭遇各种厄运的一天，最后伴四郎在日记中诉苦，说这是"平生少有之大惨事"。

在江户看洋人

黑船来航[1]之后幕府迫于外国压力不得不开国，因此最开始并不愿让外国人居住在江户，但随后也逐渐在府内开设外国公馆。由此

---

[1] 嘉永六年（1853）美国海军准将马休·佩里率舰队驶入江户湾。可参考社会科学文献出版社出版的《黑船来航》一书。——译注

渐渐有很多外国人开始走在江户的街上，通过伴四郎的日记，我们也可以感受到当时江户百姓看这些外国人时好奇的眼光。

　　伴四郎到江户去赴任是万延元年的事，这一年三月，大老井伊直弼在樱田门外被暗杀，所以常被后世认为是人心不安的多事之秋。不过看来伴四郎是下定决心要安享太平乐。他的日记中很少提及政治动向。不过伴四郎少有地写下了几篇日记提到了对外关系，我们来看看。位于芝的增上寺中的金制龙头被切掉，东照神君[1]家康的金制驱邪幡也丢失了，很多国家要求与日本进行交易，于是伴四郎在日记中提到了传闻，称隐居于水户的德川齐昭再次登上了政治舞台（七月十三日）。对于这样的传闻，伴四郎在日记中写下了一些感想表达不悦之情。伴四郎是纪州德川家的家臣，水户德川家的一桥庆喜曾与纪州德川家主争夺将军之位，所以伴四郎当然会对水户藩有这种不悦的感觉。不过也许是因为当时水户家持有尊王思想[2]，所以据说幕府大臣和世袭的大名大多比较讨厌水户家。

1　德川家康被神格化称为东照神君。——译注

2　自德川家康建立幕府以来，德川将军家掌握实权，天皇的权力被削弱。到了幕府末期，以水户藩为首出现了尊王攘夷的思想，认为应该尊重天皇的权力，削弱幕府的权力。——译注

八月十六日

（略）于芝逢异人三人，诚如绘图，买物之时逢之，鼻高眼色如盐鱼之眼。

伴四郎在买东西的路上碰见了洋人，在日记里记下了感想，说这些洋人跟锦绘中画的一样，鼻子很高，眼睛是盐渍鱼的颜色。可见在这一时期，江户的闹市街区上已经可以见到外国人了，伴四郎的日记中也多次提到外国人。

七月四日，伴四郎凑热闹观看美国公使哈里斯一行前往江户城。为了维持治安，整个江户出动了3000人的铁杖队，来看热闹的人达到了数万人之多。但是队伍里却净是日本人，最想看到的外国人只有三个，伴四郎的日记中语气显得颇为失望。于幕府末期参与了洋人警卫工作的幕臣在回忆录中写道："可看之洋人甚是稀少，因此大为棘手。……其后尾随之人络绎不绝。"（《增补幕末百话》）可见对于当时的江户百姓来讲，洋人是他们想看热闹的典型对象。

在江户，每当举行官方活动时，都会给警卫配备铁杖。日记中写的 3000 人应该是有些夸张，这天在幕府的命令之下一共出动了规模为 2500 人的铁杖队（《藤冈屋日记》）。

九月二十六日

晴天，午后叔父、五郎右卫门、余三人同往小石川传津院参谒，又谒驹达白山权现，又观览吉祥寺，受出世大国护身符于大国师，遂往染井，于茶屋食渍萝卜，此萝卜切得实乃细长，悬于轩木、木枝之上，长及一间，亦有半间长者，曰白发萝卜。（略）遂参谒王子权现，此处曰扇屋，实乃大料理屋也。此茶屋中见异人，俄罗斯、美、法、英四国之人物于此饮食，大为喧闹。于其后入此所，多有委实绮丽之小座，庭亦风雅，纸笔不可言尽。大鱼刺身上置黄菊、萝卜落、胡瓜、山葵，另有都芋与蛸所调味的饭，鱼味噌汁，饮酒三合（略）。

这天伴四郎和叔父还有五郎右卫门三人来到了驹达、染井一带，去参拜寺庙神社并请护身符，这是他们的乐趣之一，除此之外还吃了腌渍萝卜。这种萝卜是将萝卜切得"极为细长"，然后将快要有一间长（1.8 米）的萝卜挂在廊檐或者树枝上，所以也叫白发萝卜，是在茶店中吃的一种萝卜。

在飞鸟山的休憩茶屋里吃了果子喝了茶，又进了一家位于王子权现[1]的料理茶店，这家店名为扇屋且"极大"，里面有很多漂亮的小座位，庭园也非常风雅美观，感觉好像并不符合伴四郎平日节俭的风格。刺身上面装点着菊花、白萝卜泥，配有黄瓜和山葵，还有加入都芋和章鱼调味的米饭，以及鱼肉味噌汤，以此喝了三合酒，这里的饭菜形美味更美，伴四郎吃得十分开心。伴四郎在日记中写道，这家茶屋里，有来自俄罗斯、美国、法国、英国这四国之人在饮酒、吃饭，很是热闹。有可能是驻江户的外交官们的聚会，也有可能是他们同样在游览江户品尝美食。在伴四郎的其他日记中也提到，洋人说着简单的日语词，与在茶屋工作的女子调笑。看到这些，幕府末期江户的情景好似浮现在我们眼前。

在这之后去了巢鸭，走进染井的盆栽店，伴四郎认为盆栽店的庭园其"风雅"程度之高，是扇屋的两倍，因此大为惊叹。前面也介绍过，盆栽店是江户这座庭园都市的重要要素。回去的路上，伴四郎先在市谷吃了寿司，还买了寿司带回去给直助作伴手礼，然后去澡堂泡了澡才回家。到家之后烧了茶，还煎了一块鲑鱼，五郎右

---

1 位于现东京都北区王子本町的王子神社。——译注

伴四郎也拜访过飞鸟山、王子权现等聚集着很多名胜景观的地区。

（歌川广重《江户名所百景 王子音无川堰埭世俗大泷卜唱》，私人收藏）

卫门也跟他们一起吃了晚饭。这天伴四郎貌似非常开心，在回家的路上"哥呗"，就是唱着歌走回家的。

去横滨看洋人

安政年间的《五国条约》（1858）将函馆以及其他四个港口开港，于是有很多外国商人和日本商人聚集到临近江户的横滨，使得横滨成为全日本最具异国风情的地方。

十月二十七日，天还没亮，伴四郎一行五人就从藩邸出发前往横滨参观游览。走到位于大森的铃之森迎来了日出，然后穿过六乡，在川崎的万年屋稍事休息。这家店在整个东海道都很知名，其中最有名的是奈良茶饭。奈良茶饭也叫奈良茶，用茶水煮饭，然后向其中加入烹炒过的大豆，最后再倒入茶泡着吃。据说明历大火（1657）之后，全国各地的木匠和手工艺人聚集到江户，浅草金龙山门前的茶店以他们为目标客户，开发了奈良茶饭，并配上豆腐汤和红烧煮豆一同销售，奈良茶饭由此普及开来。据说这是全日本第一家饭馆。欧洲到了18世纪后期才开始有饭馆，所以这家店有可能是世界上最早的饭馆。

当时有一些攘夷武士常常袭击外国人，为了提防这些人，从神奈川前往横滨的驳船码头往往会进行非常严格的检查。伴四郎一行用了假名字，号称自己是御三家尾张藩的家臣，从而通过了检查。

他们带着介绍信，拜访三井家的横滨分店，受到了盛情款待，并且在管家的带领下参观游览横滨。以叔父为首，伴四郎等人经常

伴四郎也偶尔会看到这些洋人，并在日记中提到他们。

（《东都名所见物异人 爱宕山眺望》，都立中央图书馆特别文库室收藏）

去江户的三井宅邸对他们进行衣纹道的指导，所以三井家才向他们提供这样的方便吧。伴四郎对横滨的第一印象，首先是有很多狗，然后是没近距离见到洋人女子，只远远地透过二楼的窗户看见了几位外国女性。洋人的屋宅，房子的形状和外观都与日本的民家一样，但内部的装潢都是他们本国的风格。伴四郎说"万国人"的装束和风俗看起来全都一样，只有南京人（中国人）有所不同，很有男子气概，十分高雅。在伴四郎的眼中，欧美人看起来全都一样，但只有中国人让他觉得有亲近感。

在众多妓馆中，洋人最常去的是岩龟楼。伴四郎一行也去参观过，异国情调的装潢非常华丽高贵，令他们大为惊叹。他们在岩龟楼另外一间屋子里喝了用山药鱼饼做的汤，吃了刺身、鱼糕冻、芸豆拌醋腌海参、杂烩锅，配着这些又喝了不少酒。伴四郎本想跟店家说要一个小酒盅带走，但又怕旁边的人全都跟着说想要，那样就会给店家添麻烦，所以就没有说出口。回去之前伴四郎本想悄悄地问店家要，结果却被叔父抢了先，伴四郎在日记中直感叹"可惜可惜"。

澡堂是庶民的娱乐场

十一月十四日

（略）七时后归，仍未有人归，落锁，直助持钥不知其所往，解锁无方，遂邀房助行往汤屋，御屋内之人亦有众多于此，与定府弈将棋负（略）。遂行往寄席，然仍未食晚饭，于道上食荞麦，于寄席听净琉璃有四。四时归，欲予门番小赌钱，然两人皆无，唤渍物屋起借钱，遂予门番百文归。

练习完三味线之后，伴四郎回到家，却发现长屋的门锁了，他进不去。拿着钥匙的直助也不知道去了哪里，没有办法，伴四郎就叫上房助一起去了汤屋。汤屋就是指现在的澡堂。

　　伴四郎在汤屋看到了不少和自己同样住在藩邸之中的和歌山藩士。其中一人是定府，应该是指常驻江户的藩士，伴四郎和他下了将棋[1]，结果输了。

　　伴四郎泡完澡之后在回去的路上吃了荞麦代替晚饭，不过说食"于道上"，估计吃的是路边摊卖的荞麦。路上还去了小剧场听了四首净琉璃。到了四时（晚上十点左右）才回去，当时已经过了门禁的时间，于是给了守门人100文钱作为"小贿"，让他给自己开了后门。但是伴四郎他两手头都没有带钱，于是把附近的腌渍菜店里的人叫醒，向他们借了钱。这下给腌菜店里的人也添了麻烦，而且最后加在一起变成了一次相当昂贵的泡澡。不过"小贿"是当场现金交易，看来是不能先记账后交钱。

1　即象棋，日式象棋称为将棋。——译注

说来和歌山藩以前门禁非常严格，藩士们想要外出受到一定限制，也有过违反规则的人，但被告假（解雇）了。不过从江户时代中期开始这些限制渐渐就没那么严格了，到了伴四郎的时代，花100文钱的"小贿"就可以通融。

　　估计有很多读者会觉得奇怪，为什么在澡堂下象棋。当时的男澡堂上面往往还有二楼，在那里备有围棋和象棋，还有果子等，店家也会提供茶水。《江户自慢》中说，到澡堂的二楼去要花8文钱，泡澡也是8文钱，果子也是一个8文钱。泡完澡之后到二楼喝喝茶，热热闹闹地叙叙闲话，下下象棋、围棋，或者弹弹三味线，对于到江户生活的勤番武士来讲，澡堂也是一个简单的娱乐场所。伴四郎在另一天的日记中也写道，有众多"屋宅内之人"到澡堂来。

　　另外在这之前还有一次，在九月晦日的日记中也写道，到澡堂来，上了二楼之后发现那里摆着"精工果子"作装饰，人们挤成一团互相推推搡搡，伴四郎的袜子都丢了，白白蒙受了损失。

　　精工果子又是什么呢？现在有叫工艺果子，或者糖艺果子的东

澡堂是庶民们的社交场所。伴四郎也在澡堂的二楼开过宴会。

《浮世风吕》前编所收。（神保五弥《浮世风吕 江户的钱汤》，每日新闻社，

东京都江户东京博物馆收藏）

西，就是将果子雕成满开的樱花，或者仙鹤的形状，甚至还有用果
子做成花车的。有一些果子店会将工艺果子摆在店里作装饰，估计
有很多读者见过。伴四郎所说的精工果子，一定就是这样的工艺果
子吧，看来是做得极其精美，吸引着人们争相拥过来观看。实际上，
有关这些工艺果子的历史有很大一部分我们还不清楚，不过通过伴
四郎的日记来看，在幕府末期，工艺果子也会摆放在澡堂这种众人
汇聚之地，这一点令人觉得很有趣。

那么伴四郎多长时间去一次澡堂呢？与伴四郎同住的叔父宇治田平三貌似非常喜欢泡澡，不论冬夏几乎每天都去澡堂。伴四郎的日记中提到叔父去澡堂的时候，就写道："例来之汤屋。"

伴四郎从万延元年十一月开始的一年里，去了43次澡堂。不过五月、六月、七月的炎热季节里一次也没去，都是在家里冲澡或者在家里的浴桶进行简单的泡澡。比如六月二十八日的日记中写道："叔父去往药汤屋，余于内冲水。"不过伴四郎去澡堂的时候，就通常都会上二楼休闲一番，既注重节俭，同时又喜欢享受生活，这正是伴四郎性格的体现。

接下来我们看看伴四郎一行在澡堂二楼举行的大宴会。十一月十一日，伴四郎这天去了常磐津的师父琴春那里练习三味线。从琴春那里回来的路上去了澡堂，在澡堂遇到了寒川孙次郎，还有两个在藩邸见过的定府藩士，于是在二楼下起了围棋。这天正好是祀奉大黑天神[1]的甲子日，于是大家商量后决定举行宴会。

1　佛教中的护法神，也用梵语音译称摩诃迦罗。——译注

两位定府藩士带来了两升酒，伴四郎和寒川负责提供了鸡肉锅卖肴。这里的"卖肴"大概就是指副食熟食。他们还邀请了澡堂的老板和在澡堂二楼工作的姑娘，伴四郎弹起了三味线，伴着音乐，盛大的宴会就开始了。一直热闹到了九时，换算成现在的计时法就是半夜十二点，度过了一个热热闹闹、妙趣横生的欢快夜晚。老板也请他们吃了"下酒菜肴"。看来在当时，只要找到地方、凑齐一定的人数，再找到相应的理由，就可以让大家带上酒和菜当场开宴会。在这样的场合中，伴四郎所练的三味线也扮演了重要角色。

【阴历和太阳历】

江户时代所使用的日历是阴历，也叫旧历（阴阳合历），是以月亮的月相周期为依据的历法。而实际上季节的变换是由地球绕太阳的公转周期所决定的。不过阴历里不考虑这些，只依照月亮的圆缺将一年分为十二个月，因此导致有些时候月份和季节变得不相匹配。为了调整这种不匹配的现象，于是在历法中设置了闰月。

所谓闰月，是指十二个月中的某一个月会出现两次。伴四郎在江户生活的万延元年（从安政七年三月开始改元称万延元年）中，三月之后就有一个闰三月，即过了两个三月。另外，闰月也称"后月"。不过也有一些年份里没有闰月，所闰的月份也根据年份不同而不同。另外大、小月也与现在不同，大月有三十天，小月有二十九天，标明了大、小月的日历是每个家庭的必备品。

　　后来明治政府认为必须推行近代化，因此采用了欧美的太阳历（公历），将明治五年（1872）的阴历十二月三日定为明治六年的正月元旦。因此，产生了将近一个月的时间差，这一个月的时间差对后来日本人的季节感产生了重大影响。

　　最简单的例子就是节气。比如说三月三日的女儿节（上巳节），要去水边洗净污垢，或者赶海，另外会采摘艾蒿做草饼吃。之所以女儿节时要吃做成贝壳形状的果子，也是因为这是一个跟水有关的节气。然而，换算成阳历的3月3日去赶海的话就太冷了。伴四郎在家乡为女儿庆祝女儿节，是在万延元年的阴历三月三日，换算成阳历是3月24日。

　　另一个节气的例子就是五月五日端午节要吃柏饼。这个风俗是以江户为中心流传开来的，但江户时代吃的端午柏饼用的是水灵灵的嫩叶。[1] 橡树直到发出新的嫩叶为止，旧叶都一直留在枝头，所以对于将家族香火的延续放在第一位的武家来说，橡树这种特征非常符合人们的心意。不过，现在端午节过的是阳历的 5 月 5 日，所以只好使用保存好的前一年的橡树叶。另外，"五月晴"这个词本来指梅雨季节里断断续续的少有的晴天，现在却变成指阳历 5 月里的大晴天了。

像这样的例子还有年初之时人们互相赠送贺年片。那么冷的日子里即便收到贺年片说恭贺新春，恐怕也感受不到什么新春的氛围。阴历中的元旦接近立春，正是梅花开放的时节，那才是恰当的迎春时节。

所以现在也有很多人积极地使用阴历，还制作了不少"阴历日历"等。应该尝试按照阴历的日子感受季节的变换。

---

1 日语中的"柏"字指的是橡树、栎树，而不是汉语中说的松柏。——译注

第六章

江户的季节

和果子的仪式：嘉定

六月十六日

朝叔父出，拜领嘉定御祝之御品，拜领熨斗归。（略）大石直助受赐一年十两三人扶持。（略）今日颇为暑热，觉今日为着江户以来初次土用日，傍晚云烧，察近日有雨。

六月十六日是嘉定之日（也称"嘉祥"），这是跟果子有密切关联的一天。比如在京都，天皇要在这天赐给臣下一升六合米，可以拿这些米到虎屋或二口屋[1]这样的果子店去兑换果子。井原西鹤在《诸艳大鉴》（1684）中描绘了岛原[2]的花街提供 16 种食物的场景，其中就包括了二口屋的馒头、川端道喜[3]的竹叶粽子、虎屋的羊羹，等等。

---

1 全称二口屋能登，位于京都室町今出川的果子店。战后经营情况恶化，后并入虎屋。——译注
2 位于现京都市下京区。——译注
3 安土桃山时代的京都富商，以做粽子闻名。——译注

江户人所吃的果子则更为多样。这天，驻守江户的大名和旗本武士们，要到江户城去进行总登城，由德川将军赏赐果子给他们。果子的种类和个数如下：馒头 588 个、羊羹 970 块、鹌鹑饼[1] 140 个、珍珠饼[2] 2496 个、金团[3] 3120 个、寄水 6240 个、平麸 970 个、熨斗[4] 4900 根，果子的总数达到 20324 个。

　　这些果子摆在面积为 500 帖的大厅里，场景应该是相当壮观。直到第二代将军德川秀忠的时代为止，都是由将军亲手将这些果子交到每一个人手里，据说在那之后将军的肩膀会疼上两三天。不过到了伴四郎的时代，除了老中[5]或者伊井氏这样的非常重要的大名以外，其他人都是每几个人中派一个代表去领果子，将军也很快就从大厅离场了。

　　大名们先吃了果子，然后吃掉给他们在台盘上准备好的素面之后，就可以回到自己的宅邸了。仪式一结束，负责端茶倒水的侍从

1　带馅的两头略尖肚处圆圆的小饼，色白，上面烙有烤制时形成的焦色，形似鹌鹑蛋。——译注

2　用米粉做成的小圆饼，形似珍珠。——译注

3　用砂糖煮红薯等做成馅料，再拌入栗子等制成的甜味果子。——译注

4　用鲍鱼等作材料压制成扁平的长条形状的果子。——译注

5　江户时代辅佐将军，总理全部政务的最高官员。——译注

接受将军赏赐果子的幕府大臣们，所穿的装束也是正式的长礼服。
（扬州周延《千代田御表 六月十六日 嘉祥之图》，虎屋文库收藏）

们就跟约好了似的争着抢着去拿剩下的果子。另外，回到了自己宅邸中的大名们，也要把自己的家臣聚集起来举行嘉定仪式，那些出入大名藩邸的果子店肯定要忙得手忙脚乱。各个大名家庆祝嘉定的方式也不一样，其中也有人将德川将军赏赐的果子，送回远在东北或者九州的自家领国。不过我们现在还不确定幕府庆祝嘉定之日源起何时，据流传下来的传说所言，嘉定由来自幕府的创业之祖——德川家康。

伴四郎隶属的纪州德川家，以及御三家中的其他大名也是同样，这天要向将军供奉鲷鱼，但是不用到江户城去参加仪式，所以他们都是在自己的藩邸庆祝嘉定之日。叔父宇治田平三领到了熨斗鲍。貌似根据年份的不同领到的果子也有所不同。

庆祝嘉定这一习俗从室町时代开始繁盛，到了明治维新时代以后就被废除了。不过，现在日本全国的和果子业界人士，将 6 月 16 日定为"和果子日"，可以认为是嘉定在现代的复苏版本。

这一天，跟伴四郎同住的大石直助，得到通知说决定支付给他十两三人补助。大石是不能继承家业的次子，本来是领不到俸禄的，不过因为到江户来赴任，所以他领到的应该是特殊津贴。伴四郎和直助他们，去参拜了江户人特别信奉的神乐坂的毗沙门天神[1]，回家的路上在四谷买了各种东西。这天的日记描绘了他们到江户还没多久时，每天匆匆忙忙的生活。

另外，万延元年的六月十六日换算成阳历是 8 月 2 日，天气非常炎热，伴四郎这才想起了这天是土用日[2]，并且看着火烧云说估计

1　又称多闻天王，为北方守护神、知识之神、财神。——译注
2　一种源自五行的节气，一年四次，分别位于立夏、立秋、立冬和立春的约 18 天之前。最常说的土用日是立秋之前的土用日。——译注

接下来几日会下雨。通过这天的日记可以感受到，居住在江户的人们所享受的大自然和四季变换。

七夕的素面

七月七日

房事，朝直助、民助二人往樱田一带观大名登城。（略）节气之故奢食鲭鱼一尾，午后稍事休息，八时过后食素面（略）。

七月七日是七夕节，伴四郎的午饭是"奢侈"的鲭鱼，还喝了酒，说是"节气之故"。江户幕府规定了五个节气，分别是人日节（正月七日）、上巳节（女儿节，三月三日）、端午节（五月五日）、七夕节（七月七日）和重阳节（九月九日），在这五天里要举行官方的庆祝活动，一般人家也会庆祝这些节气。这年的七夕节，伴四郎吃了鲭鱼作为庆祝，还喝了酒。另外，直助和民助去看热闹观看"大名登城"，大名们要去参加七夕节的仪式，因此有大名队伍向江户城行进。大名带着众多家臣走在江户的街头，的确是值得一看的景观。

这天下午，换算成现在的时间就是下午两点之后，伴四郎煮了些素面吃了。日记里没有具体写吃素面的理由，不过在当时过七夕就一定要吃素面。《东都岁时记》中写道，无论贵贱之人皆"食凉素面"。说七夕是秋天，但其实换算成阳历是 8 月中下旬，依然很热，被暑气侵袭得食欲萎靡，所以要吃素面来振奋一下吧。不过，说到底为什么要在七夕这天吃素面呢？

七夕这天，集合了日本和中国各种神话和信仰。其中之一就是称七夕为"乞巧节"，在这天里要向手艺精巧的织女祈求女红和精湛才艺。要在院子里摆上小桌子，桌子上放五彩线以及构树叶、琴、琵琶，还要摆上索饼作为供品。

索饼是在奈良、平安时代由中国传来的一种唐果子，别名叫麦绳。听名字就可以知道，它是一种形状细长的食物。在平安时代，每到七月七日宫中会准备索饼。它用小麦粉和米粉制作，就是现在的素面的原型。

从平安时代开始到镰仓、室町时代，"索饼""索面"或"素面"这些字眼在很多记录中都出现过，成为一般百姓所吃的食物。制作方式是蒸着吃，有时也写作"燕麦"，根据温度的不同被称为"热面"、"温面"或"凉面"等。吃的时候要蘸汤料，不过汤汁里加入了黄芥末，所以味道辛辣。京都相国寺的《荫凉轩日录》还记载了延德二年（1490）九月，素面的蘸汤太过辛辣，大家都一边流眼泪一边捂鼻子，"满座哈哈大笑"的情景。

闲话休提，我们还是来看七夕的习俗。自古以来就有在七夕相互赠送素面的习惯。伴四郎也在前一天六日那天，从出入藩邸的商人大和屋利兵卫那里收到了"素面五把为（七夕）祝礼"，前后九天里伴四郎一共收到了 14 把素面。

曾经在七月七日吃的索饼，以及在它之后的素面，都曾是七夕节不可或缺的东西。现在素面业界将 7 月 7 日定为"素面日"。另外在素面的知名产地奈良县的三轮地区，依然还有店家在出售名叫"麦绳"的果子[1]。

素面的制法是，向小麦粉中加入水和盐仔细揉合，涂上植物油，

1　形状类似于细细的油炸麻花。——译注

反复拉伸拉长拉细，然后露天自然风干。做面的时候，先把面过水煮一下，然后蘸酱汁吃；或者先将素面煮过水之后用味噌汤和酱油等炖煮入味再吃。后一种做法称为"入面"或"煮面"，在江户的寒冬，晚上挑着扁担卖夜鹰荞麦的人也会卖这种素面。

另外，现在日本过七夕时将自己祈求之事写在纸签或剪纸上，然后再挂到竹枝上，这一习俗就是从江户时代开始广为流行的。在江户时代以前都是受乞巧节的影响，要将竹枝放在河中令其流走，因此当时会在水边设立棚案等，据说这也是之所以要管七夕祭祀除秽的仪式叫作"棚机女"[1]的由来。

时令美味：梨

江户时代的人会根据季节选择相应的当季食材。蔬菜、鱼贝、水果中，都有很多能令人感觉到季节变换的食物。伴四郎也常常买西瓜、栗子、柿子等，叔父平三也曾有一次收到了20个桃子，但

---

1 "棚机"与"七夕"的日语发音相同，皆为 tanabata。——译注

其中最经常出现的就是梨。伴四郎的记账本中第一次出现梨是在六月十八日，这天写道买了两个梨作为给叔父的伴手礼。然而，在这之后一个月左右，记账本里都没有出现"梨"这个字眼。到了七月十八日买了三个，十九日到二十一日这三天里每天买一个，二十二日买了五个。隔了几天之后二十八日买了两个，估计是这几天里都在吃二十二日买的梨。到了八月就间隔较长，一日、十三日、十八日分别买了梨。

七月下旬是梨的旺季，价格则是4文、5文、6文、8文、10文、12文、16文不等，8文以下居多，估计是梨的大小和品种差异造成的价钱差。梨的品种非常多，在江户时代后期一种叫"淡雪"的品种十分有名，但伴四郎的记账本上没有详细记载梨的品种。伴四郎之所以买这么多梨，估计原因之一是价钱便宜，但更为重要的原因，应该还是由于梨子水分充足、美味好吃。

为了满足江户这座巨大都市里人们的饮食需求，就像练马出产萝卜一样，各地都出现了当地特产作物。《武江产物志》（1824）中提到各种水果的产地，我们来看看。有香瓜（成子村，现新宿区；府中，现府中市），西瓜（大丸，现稻城市；北泽，现世田谷区；砂村，现江东区；羽田，现大田区），苹果（下谷，现台东区；本所，现墨田区），柿子（草加，现埼玉县草加市等），枇杷（岩槻，现埼玉县琦玉市；川越，现埼玉县川越市）等。当然，还有王禅寺（神奈川县川崎市）的柿子等其他水果的种类和它们的产地。

关于梨，《武江产物志》中记载川崎（神奈川县川崎市）和下总八幡（千叶县市川市）为梨的产地，除此之外还有墨田村（墨田区）和生麦（横滨市）也产梨。《江户名所图绘》（1836）中，绘有江户之东下总八幡一带的梨园里，在二月花季里白色的梨花竞相开放的景象，并称其"如雪似雪"。另外江户的西面，从大森到川崎的东海道上也多有梨园，于是东西两边的产梨之地恰好将江户夹在中间。说点题外话，梨的代表性品种之一的长十郎梨于明治二十六年（1893）诞生在川崎，20世纪梨是明治三十一年（1898）在千叶县的松户被命名的。

伴四郎自八月以来好久没吃梨了，十月二十七日去横滨游览的路上，在川崎宿驿站买了两个梨，品尝了一下当地特产。不过，梨吃多了的话会拉肚子，所以旅行导览书中都告诫大家梨不要一次吃太多。

月见团子

八月十五日

（略）今日赏月之事，故以盆前柏屋所赠之白玉粉，余作团子，实乃甚佳，众人皆美美食之。午后房助携团子芋枝豆来（略）。森五三郎又赠团子芋枝豆一盒（略）。傍晚民助、五郎右卫门游玩而来，以团子待之（略）。

    八月十五的十五夜，是中秋赏月的日子。阴历是以月亮的阴晴圆缺周期为基准的，因而每个月的十五日都会迎来满月，所以十五的夜里要赏月。另外，秋天三个月，即七月、八月、九月里，八月十五处于正中，因此叫作"中秋"。本来十五夜赏月是为了感谢田地里的收成而举行的活动。这一天里要用芒草和月见团子供奉月亮。另外，八月十五日要供奉芋头，九月十三日（十三夜）还要供奉豆子，因此八月十五也叫"芋名月"，九月十三也叫"豆名月"。

    在江户，家家户户都把米磨成米粉，揉和之后团成圆形上锅蒸成团子，在十五的夜里供奉月亮。另外一般人家或者商家都会按每

江户人十分重视庆祝活动中的食物。每个家庭都会制作月见团子。

《秋》，作者不详，吉田收藏。

图片提供：虎屋文库

人 15 个小团子的量做出所有人的份，然后分发给家里各人或者店里的伙计。这种团子因为大小和形状跟火枪子弹相似，因此也叫"铁炮玉"，"十五铁炮玉，自东家来"这句川柳句，咏叹的就是东家给店里伙计们发月见团子的情景。"十六夜风中，酱油焦香"说的则是，第二天大家都将剩下的团子煎了吃，所以街上到处飘着酱油的焦香味道。

伴四郎从出入藩邸的商人柏屋家收到了白玉粉，并且用它做了团子，肯定是做来供奉月亮的，所以把它做得非常好吃。伴四郎还在日记中写道："实乃甚佳，众人皆美美食之"，看来受到了大家的好评。

江户的月见团子，形状跟京都、大阪的不太一样。在江户制作的是揉得圆圆的球形团子，大的有三寸五分（约 10 厘米），小的则是两寸多（约 6 厘米），看来着实不小。《守贞谩稿》中说，京都、大阪和江户虽然都将团子放在桌子上面，但江户的团子更圆，而京都和大阪的团子则是"如小芋般尖形"的。京阪的团子，正如其名"芋名月"一样，是做成形似芋头状的。另外，直到现在也有果子店会将月见团子做成小芋头的形状，再在外面裹上豆沙馅儿。

回过头来继续看伴四郎的日记。这天伴四郎从他的朋友冈间房助那里收到了团子、芋头和毛豆。伴四郎经常和房助往来，也经常和他一起出门，这天伴四郎也和他还有叔父一起去参拜了市谷八幡宫。另外，在中奥里打杂的森五三郎也送来了礼物，是放在漆器饭盒里的团子、芋头和毛豆。五三郎跟叔父还有伴四郎学习衣纹道常常一起排演，所以对伴四郎一行很是客气，还在自己家里宴请过伴四郎一行。

　　看来当时有在十五夜这天互相赠送团子、芋头和毛豆的风俗习惯。这天虽然叫芋名月，但不仅送芋头，也要送豆子。下个月的九月十三日称为十三夜，这天赏月的时候除了要供团子，还要供栗子和豆子（大豆），所以也称"栗名月"或者"豆名月"。笔者最近才听说，现在的年轻人都不知道毛豆就是大豆，据说有很多人以为毛

伴四郎经常路过的市谷八幡。门前有一排水茶饮品店，还有小型剧场，为娱乐街区。歌川广重《江户名所百景市谷八幡》，私人收藏

豆是某个别的品种的豆子。伴四郎这天的日记里还记载了，五郎右卫门和民助像平常一样傍晚来找伴四郎玩，于是伴四郎请他俩吃了团子，这天真是将团子吃了个够。伴四郎所做的团子的形状和味道是怎样的呢？

另外，根据《武江年表》的记载，这天夜里"月清亮，一点云皆无"，是个晴天，"诸人皆办月宴"，正是适合赏月的绝佳天气。伴四郎吃完团子和毛豆，也不知道有没有好好赏月，日记里完全没有提到。

伴四郎和房助他们去参拜了市谷八幡宫之后，在回来的路上进了一家荞麦店，吃了海鳗锅、泥鳅锅，还有荞麦，喝了两合酒。估计不是三人一共喝了两合酒，而是伴四郎自己就喝了两合酒。不过，江户时代的荞麦店里菜品种类如此丰富，让人吃惊。实际上这天，叔父平三不知道什么时候把自己的草笠放在长屋，却戴着伴四郎的草笠就过来了。叔父对于这些小事毫不在意，伴四郎却暗暗腹诽"此乃何事"。

江户时代的节气饮食

九月九日

（略）今日乃节气之事，故直助药食，小豆煮汁又同小豆稍食之，烧
赤饭，善至极。然此时期皆无鱼类，甚为寂寥，以鲣节祝之，又晚
饭饮酒一合颇奢，以烧豆腐饮（略）。

这一天是重阳节。阳数（奇数）被认为比较吉利，而九是阳数
中最大的，两个九重合在一起，这就是重阳节的由来。重阳节别名
也叫"菊之节气"或者"栗之节气"，这一天里要喝菊花酒，吃栗
子饭。

因为这天是节气，所以伴四郎用他之前收到的小豆和小豆汤
做了赤豆饭，做得好吃"至极"，非常高兴。不过，好不容易过
节，饭桌上却没有鱼，于是用鲣鱼干简单庆祝了一下。虽说感觉菜
品有点简单，但晚饭时高高兴兴地喝了一合酒，还吃了些烤豆腐
下酒。

一年中的节气装点了各个季节的色彩，节气时所举行的庆祝活动，对于现代的人们来说也不陌生。而且各个节气中都有那天一定要吃的食物。按照五节气的顺序来说，一月七日是人日节，要吃七草粥[1]；三月三日是上巳节（女儿节），要吃草饼、菱饼或文蛤等；五月五日是端午节，要吃柏饼或粽子；七月七日是七夕节，要吃素面；九月九日是重阳节，要吃栗子、喝菊花酒。

江户时代的人们一边欢庆节气，一边以此为由享受美食。前面也介绍过了，七夕的时候要吃素面这是理所当然的，除此之外伴四郎还以"节气之故奢食鲭鱼一尾并饮酒"，用鲭鱼做下酒菜喝了酒。另外，直助以重阳节为由吃了药食。所谓药食，就是指吃野猪肉或其他四脚兽类的肉。节气本来就是让人感受到四季变换的节点，所以在这一天人们要吃符合季节感的食物，也以此调剂一下平凡的日常生活，这正是庆祝节气的作用之一。

在江户时代还有个习惯，就是定好日子举行简单的酒宴。不仅仅是像伴四郎这样的武士，还有商家等也是一样，还有一些店家会

1　用七种春日蔬菜所煮的粥，通常使用水芹、荠菜、鼠曲草、鹅肠菜（繁缕）、宝盖草、蔓菁、萝卜缨。——译注

把这样的习俗写成明文规定，作为家训。对于伴四郎来讲，每个月的一日（朔日）、十五日和晦日就是这样的酒宴日。我们挑其中的几天来介绍一下。

十月朔日这天，伴四郎以朔日为由买了一合酒喝。买了烤豆腐做下酒菜，还做了之前储购的鲑鱼。但是前面有一句话说"今日无鱼类，终于"，找到所屯的鲑鱼，看来伴四郎对于下酒菜还是很用心的。说起来，吃鲣鱼吃坏了肚子遭了不少罪那次，也是八月的朔日。

七月十五日的日记中写道："今日为十五日，故奢侈食沙丁鱼。"沙丁鱼在当时是廉价的菜肴，正是庶民们饭桌上的好伙伴，也是伴四郎最常买的鱼，然而十五日这样的日子里却买沙丁鱼来"奢侈"，这的确是伴四郎才会做出的事情。

伴四郎自己将每个月的晦日定为了吃荞麦的日子。以晦日为由，八月吃了天妇罗荞麦，九月配着荞麦喝了一合酒，十一月没说具体吃了什么下酒菜，就说在荞麦店喝了两合酒。看来晦日的另一个乐趣就是喝酒。

当时的人们善于将各种不同食物安排到生活之中去，饮食生活非常丰富。比如说十月三日要吃玄猪饼，是一种在十月第一个亥日吃的年糕饼。这天驻守江户的大名们要去江户城上进行总登城，晚上将军会赐给各个大名玄猪饼，也叫"亥之子饼"。还有像嘉定这种日子里吃的果子，这些果子来自于武士社会中每年要举行的活动，对于江户人来讲是充满了季节感的美味。

开斋的鲑鱼

九月十日

（略）今日如往例精进素斋，故二百五十六文买二尺五寸之鲑开斋，归。此乃盐腌之物，与和歌山相较大为贱事（略）。

这天伴四郎买了鲑鱼。伴四郎说是盐腌，所以应该是盐渍鲑鱼。现在一提起鲑鱼，总是容易想起北海道产的，但其实在明治时期以前，以东日本为中心的各种河川里常有洄游的鲑鱼，成为各地的有名料理。在江户时代，奥州的衣川，还有越后都是鲑鱼的名产地，除此之外还有水户、庄内、越前、若狭、松前等地都很有名。

盐渍的荒卷鲑鱼在东日本地区很受欢迎，在年终岁末人们相互赠送礼物时常常被用作礼品。在西日本地区，人们则常常把盐渍鰤鱼当作新年的吉祥礼品互赠。

　　鲑鱼既便宜又美味，用盐腌渍过后又易于保存，自古以来就是平民百姓餐桌上的常见菜肴。对于伴四郎来说，鲑鱼是仅次于沙丁鱼，第二常买的鱼类。从万延元年十一月开始的一年里，买了18次鲑鱼，总共花了461文钱，大致上都是买的鲑鱼切段。不过，这天伴四郎买了76厘米长的一整条鲑鱼。看上去很是奢侈，但其实是因为与和歌山相比价钱便宜得多，他被价钱吸引所以才买了一大条。江户与和歌山的鲑鱼价钱的差异，估计是由于渔猎量、加工方法以及从产地运送过来的物流条件的不同而导致的。

　　江户时代的人们有时也会吃鲜鲑鱼，但易于保存的盐渍鲑鱼和味噌渍鲑鱼更为普遍，估计有很多读者会想起过去的便当里常有的非常咸的烤鲑鱼。伴四郎吃鲑鱼时也主要是烤着吃。对于盐渍的鲑鱼，烤着吃是最简单方便的做法。

　　这次买的鲑鱼在日后发挥了很大的作用。九月二十六日，烤了一段鲑鱼大家一起分着吃了，十月一日也写道："以储购之鲑鱼饮"，就是用鲑鱼做下酒菜喝了酒。在将近一个月的时间，这条鲑鱼在伴四郎的餐桌上扮演了重要角色。

其实，这条鲑鱼是作为开斋的食物买的。自己亲属的忌日里，要进行斋戒不吃鱼和肉，这日子就叫作"素斋日"。伴四郎每个月的十日都要吃斋，到了傍晚开斋吃鱼。

比如说十一月十日傍晚的开斋，是配着海鳗和烤豆腐喝了一合酒。这个斋戒日不知道是伴四郎的什么人的忌日，不过对于江户时代的人们来说，这些斋戒日既可以算作生活中的一个节点，又是悼念亡人的日子。

酉市和雁锅

十一月八日

大晴，今日酉待，行往鹫大明神御祭，邀佐津川源九郎、叔父。余三人出，于上野买烟，入知名雁锅之店，无数客于此无可居所，终推众人分之觅得居所，以雁锅饮酒五合而出，遂参谒鹫大明神，无数参谒众，以足尖站立之所亦无（略）。买芋头汤煮，店中亦无数客，参谒人众悉买之归（略）。来浅草时腹中觉空，入料理茶屋，无数客拥于此处不可尽数招呼，久久待之，终得茶碗蒸、竹荚甘煮，以之饮酒一合食饭，遂参谒观音（略）。过上野之时，雁锅已早早出拒客之札（略）。过市谷之时已六时，买烧小鲗为饭之菜归（略）。

十一月的酉日里要举办酉市，其中浅草下谷的鹫神社的酉市最为有名。伴四郎的日记中写的是"酉待"，但其实在江户时代是读作"酉日之街市"[1]。这里的街市就是指庙会，随着冬天正式到来，江户人为了祈福而聚集在酉市。

伴四郎跟叔父还有佐津川源九郎三人一起去了鹫神社，途中经过上野，进了"知名"的做大雁锅的店。店里有无数客人，伴四郎说根本没有自己能坐的地方，他们推开众人好不容易找到了能坐的位置，好不容易才终于吃上了大雁锅，喝了五合酒，暖了暖身子。

---

1 日语中"待"与"街"发音相同。——译注

大雁是自古以来就登上餐桌的禽类，江户时代初期的料理书《料理物语》中列举了多样调理方法，写道"汤、煮鸟、煎鸟、皮煎、生皮、刺身、脍、串烧、船场煮、酒浸及其他"。伴四郎一行吃的是大雁锅，应该是用酱油或味噌做汤底，然后放入大雁肉和蔬菜做成的。这天店里之所以如此拥挤，估计也不仅仅是因为它有名，有很多人是去西市然后顺道来这家店里吃大雁锅。

这天鹫神社里人非常多，前来参拜的人拥挤不堪，伴四郎感叹道，连踮着脚尖站立的地方都没有。参拜的人来求捞财耙子，那是一种装点有福俵、御多福面具、大帐（也称大福帐）、破魔箭等吉祥装饰的吉祥竹耙。开妓馆等需要"聚人"的商人，则会花一两、二两、三两这样的重金来求这种捞财耙子。这些商人一定非常在意吉祥兆头。有人买了捞财耙子，举起来走在拥挤的人群中，伴四郎非常羡慕，说"委实气派"。另外还有卖芋头的店，来参拜的人大多买了芋头带回去。这种芋头是将蒸过的八头芋用竹绳穿起来，人们相信吃八头芋可以祛病。

之后伴四郎一行又去了吉原看着火之后的废墟，然后又去了浅草，后来肚子饿了进入一家料理茶店，这家店里也非常拥挤。伴四

酉市的知名景象，成群结队的买了捞财耙子回家的人们。
《东都岁事记》(《日本名所风俗图会 3 江户卷 1》，角川书店)

郎这一天的日记里用了四次"无数"一词，看来酉市这一天浅草周边到处都很拥挤。这家店里客人太多，店家忙不过来，伴四郎一行等了半天才吃上饭，这天吃了蒸鸡蛋糕、甜煮竹荚鱼，然后吃了米饭，还喝了酒。竹荚鱼是用姜、酱油加上味淋和砂糖调了甜味成的，味道清爽不油腻，非常好吃。

吃完饭之后去参拜浅草寺，回来的路上看见刚才去过的大雁锅店，已经挂出了不再接待客人的牌子，关了店。这样喧闹的西市，在一酉日、二酉日均有开设，很多年份里还有三酉日，也会开设酉市。

最后在临近藩邸的市谷买了配饭的副食，是酱烤幼鲦，估计是为第二天的午饭准备的。吃了很多东西，祈了福，伴四郎又度过了愉快的一天。

小寒的饼和酒席

十一月二十五日

（略）归途中往琴春处，又归途中往渍物屋，御门番喜兵卫、一青年男子、胜助及其贤内四人于此饮酒之时余入。幸也，根深葱扬豆腐、蛤饼杂煮，唤余以之饮酒，后又食荞麦有三而归，当地因小寒之由故食杂煮。

在琴春那练习了三味线之后，伴四郎在回家的路上顺道去了腌菜店（即上总屋），正好藩邸的守门人喜兵卫和另外一个不认识的年轻男子，还有老板胜助和老板娘正在举行酒席。伴四郎刚刚抵达江户的时候，上总屋就曾经宴请过他（见本书第二章第7节"勤番武士与出入藩邸的商人"），那里的老板娘还帮伴四郎洗衣服补衣服，与伴四郎关系很好。伴四郎运气好，于是也加入到这场酒席中，下酒菜是葱拌炸豆腐、杂煮蛤蜊年糕。这杂煮虽然很简单，但非常好吃还能暖身。之所以吃这个，是因为冬至之后十五天就是小寒，江户人在小寒这天要吃杂煮。不过在和歌山好像并没有这样的风俗习惯。

这天的酒席里还有藩邸守门人，不过话说起来之前伴四郎错过了门禁向守门人行"小贿"之时，也是从上总屋借的钱。此时守门人也在上总屋，可见上总屋的交际圈里，既有伴四郎也有守门人喜兵卫。对于伴四郎所处的"藩邸社会"来说，上总屋正是可以让人们超越身份阶层限制、互相来往的场所。

果然不愧是小寒，第二天实在太冷，伴四郎一整天都在长屋里"蛰居"，为了驱寒，喝了从中七家买来的酒，吃了鲑鱼做下酒菜。

第七章

告别江户

天天都是送别会

前面也提到了，本书的"旧版"发行之后，又发现了与伴四郎相关的新史料。由此，我们渐渐也知道了一些伴四郎之后的生活。在新的史料中，有伴四郎即将结束一年零七个月的江户生活，准备返回和歌山时在江户最后的八天写下的日记。不过这八天的日记与前面的日记并不直接相连，中间隔了一年左右的空白。我们来看看伴四郎最后八天的江户生活。

文久元年（1861）十一月二十四日

（略）行往左京家御屋内同小林、竹内、小野田告别。于御殿之中之口逢高冈当番，又往三金，食鸭锅、刺身等，饮酒。小林金右卫门来，又以茶碗食蛤锅，有青年者弹三味，大为热闹，归时授酒盅有二（略）。

这天伴四郎带着忠兵卫，来到安藤邸跟他们告别。忠兵卫这个名字，在伴四郎以前的日记中没有出现过，估计是伴四郎的侍从。安藤是指伴四郎一到江户就去拜访过的和歌山藩付家老，安藤飞驮守（见本书第二章第3节"作为手信的果子折"），到达江户之后和离开江户之前，都必不可少地要去拜访这些"大人物"。不过这次无论是日记里还是记账本里，都没有提到伴手礼的事，估计是没有带礼物。

拜访了安藤邸之后，伴四郎让忠兵卫先回去了，然后自己一个人去了位于涩谷的西条藩上屋去见朋友，也算是回领国之前的告别。前面也提过好几次，西条藩是和歌山藩的支藩，两藩的武士常常相互往来，其中西条藩的小野田和小林，还是跟伴四郎一行一路来到江户的。

伴四郎一行去的"三金"这家店的名字，在以前的日记中也没有出现过。估计是后来渐渐熟悉起来的料理酒屋。送别会上的菜肴是刺身、鸭锅、蛤蜊锅等。根据前面的日记我们也知道，伴四郎无论是在外吃饭还是自己做饭，一年四季都常吃涮锅，这跟我们现在对涮锅的印象很不一样。现在提起涮锅，总觉得是一个锅周围围着很多人，但在江户时代，则是只够一两个人吃的小型涮锅。这样的锅叫小锅，这种小锅据说就是在江户时代发展起来的一种涮锅形式。这天的宴席上还有三味线表演，"大为热闹"，弹三味线的是一个年轻女子，估计她是在店里工作。

回去的时候收到了两个酒盅作为礼物。提起酒盅，就会想起在横滨岩龟楼发生的事情，不过到了眼看着就要出发的十二月朔日那天，陆尺龙之助和藩士片野他们也送了酒盅给伴四郎，估计当时很流行送酒盅做纪念。这天伴四郎向三金支付了一贯钱（约20000日元），挺大的数额，至于是平摊算的钱，还是伴四郎请大家喝酒的，就不得而知了。

伴四郎的送别会还在继续。十一月二十六日午饭过后，"三人"一起去三井家进行衣纹道的排演。说起三人，应该跟以前一样是叔父、伴四郎和直助三人，不过在这八天的日记里虽然有直助的名字出现，但出现的频率大为降低。尤其是在酒宴或者游玩的时候，都没有出现直助的名字。我们无法得知详情，大概是伴四郎跟他的友情发生了变化，也可能是直助搬到别的长屋了。

三井家大概也是以此作为送别会，又对他们进行了一番宴请。

这天的宴席上有鸡蛋汤、芸豆、鱼糕、山药冻、卷鸡蛋、金枪鱼刺身，最后还有杂烩锅。饭也是配了鱼糕、香菇、芹菜的什锦饭，最后还有豆腐汤。但光从食材的名称是很难推测如何制作的，不过"冻"是将各种食材用琼脂凝固起来的一种食物，鸡蛋卷的话可以参考第五章第12节"美味的家庭料理"。金枪鱼的刺身到了幕府末期，至少在伴四郎的日记中已经成了刺身的典型代表。杂烩锅是将各种鱼贝和蔬菜等食材，用酱油和味淋进行淡淡的调味之后吃的一种涮锅。在更为古旧的史料中没有见到过这种食物，所以它应该是相对来讲比较新的一种料理，现在寒冷的天气里必吃涮锅，它已经成了一种冬日季语。

傍晚回家之后，川上又来邀请伴四郎，聚了很多人一起吃了酒宴。伴四郎只写了"美食种种"，之所以这样是因为他"大醉"之后不记得吃了什么了。酒宴"极其热闹"，一直到四时（晚上十点左右）才回家。因为伴四郎马上就要回到其领国和歌山了，所以这几天每天都在开送别会。第二天是二十七日，这天下午叔父和伴四郎也受到稻叶的邀请，吃了竹荚鱼刺身、炖煮鱼，喝了酒。

二十八日，伴四郎一心忙着整理行囊，不过到了傍晚还是跟中濑、山口、田中一起，四个人吃了杂烩锅又开了酒席。他们喝的酒有一升之多，这一天也是"大醉"，伴四郎说自己"伏"倒，估计是喝得醉倒了。这几天里伴四郎天天都喝得酩酊大醉。

十二月二日　晴天

（略）傍晚后邀酒井父子、近藤、中野、广井、松井、大石、民内家三人、田中楠五郎右卫门、片桐，大为热闹，余大醉。

十二月朔日这天，伴四郎因为返乡的手续之事，被叔父"大为训斥"了一顿，再前面一天也是被"大为训斥"，这不禁让人为伴四郎最近的精神压力感到担心。叔父既是伴四郎的师父也是他的上司，而且他与叔父还性格不合，但他什么也不敢说，因此跟叔父同住肯定很受罪。但即便如此，返乡之前必须要跟各方人士告别，十一月二十九日他也带着前面提到的忠兵卫"三人"一同去跟大家告别。

有几个人经常受伴四郎关照，他们是御纳户头片野八太夫、中奥里的侍从森五三郎、大御番[1]格小普请高桥直三郎，十二月一日，

1　大御番是一种组织，为旗本的常备兵力。——译注

他们三人"说合"，给伴四郎送来了丝绵、两个酒盅、两张海苔。说合指的应该就是大家商量过后，以共同的名义赠送给他的。在当时的江户，提起海苔最典型的就是浅草海苔，不过这种海苔虽然名字里带浅草，其实是品川以及大森附近出产的。他们送给伴四郎的东西都很轻巧，价钱却不低，都是些比较贵重的饯别礼物。

这天陆尺龙之助给伴四郎送来了酒盅和"洋纱纱"做的包袱皮。伴四郎在江户的生活中，得到了龙之助不少帮助。这里的"洋纱纱"指的就是洋花布。洋纱纱这个说法来源于葡萄牙语中的 saraca，是一种印有人物、鸟兽、花草等花纹的棉布。这种棉布重量很轻，不会加重路上的负担。

终于到了十二月二日这天，已经是返乡的前夜了。这一天里要做出发的准备，然后请出入藩邸的商人钉屋来算账（共计一两，合128000日元）等，非常忙碌，除此之外还有很多人来"告别欢"。到了傍晚，邀请了酒井父子、近藤、中野、广井、松井、大石、民内家的三个人、田中楠五郎右卫门、义八、片桐等人，开了大宴会。伴四郎没有具体写吃了什么料理，因为他又是"大为热闹"之后"大醉"。时隔一年零七个月返回故里，伴四郎肯定很想念自己的孩子和家人。另一方面，他可能也已经开始想念着在江户结识的人和在江户的生活，以及参观游览过的各个地方。

　　这八天的日记里，出现了像佐津川、小野田或片野八太夫这些我们已经熟悉的名字，但是也有很多我们不认识的人。而且在前面的日记中多次出现的五郎右卫门，也不见其踪影。右卫门跟伴四郎一样，都是到江户赴任的勤番武士，所以可能他已经先返回领国了。笔者很想看看现在还没发现的日记，那一年究竟都发生了些什么。

伴四郎糟糕了

十一月二十五日

（略）往小梅一带，入小仓庵，先食鳝汤，小食为刺身、茶碗蒸、汁粉，皆不知其真身为何物。

　　伴四郎的日记中除了琴春之外几乎没有什么女性出现，不过，日记中也记载了这样一段故事。

这天是鹫大明神社的酉街（即酉市）。早上四时（上午十点左右），叔父、伴四郎、佐津川、高濑、志贺五人一行，去参拜鹫大明神。伴四郎是第二次来酉市，这也算是江户生活中最后的远行了。眼看着伴四郎一行就要归乡，所以这次远游里也带有送别的意味。他们首先去神社参拜，买了 100 文钱左右的零食吃。然后穿过吉原，从浅茅原[1]向桥场[2]行进，然后在今户[3]坐船过隅田川，到了三围神社[4]，进了位于小梅的一家叫"小仓庵"的高级饭店。

小仓庵是一家江户知名的高级饭店，除了料理之外，小豆汤粉也很有名。现在的人们分成了嗜酒党和嗜甜党，但在江户时代，有很多人既能喝酒又爱吃甜食。他们在小仓庵首先喝了鳝鱼做的汤，然后吃了刺身和蒸鸡蛋糕当作下酒菜，当然也品尝了有名的小豆汁粉。但是关于这顿饭的味道，伴四郎却在日记中写道："皆不知其真身"，看来是不合他的口味。这天在小仓庵结账的时候，付了 6 文目 1 分 5 厘银子（约 12300 日元），花了很多钱，但不知自己吃的到底

1　现东京都台东区花川户附近。——译注
2　现东京都台东区桥场。——译注
3　现东京都台东区今户。——译注
4　位于现东京都墨田区向岛。——译注

是些什么东西。不过话虽如此，伴四郎倒是"健健"地喝了不少酒，这倒真符合他的脾性。

不过在这之前，志贺在鹭神社就跟他们分手了，然后走到两国桥的时候太阳已经落山了。走到了松井町（现墨田区本所松井町），叔父和佐津川也跟他们分手了。这时候只剩下伴四郎和高濑两个人了。日记中只写道："由此大为糟糕"，最开始读这部分的时候不知道什么事情"糟糕"了，后来读了记账本才解开了谜底。记账本里写道，在松井町花了两分零三铢黄金（约88000日元）。看来"糟糕"的是价钱。查了一下，发现松井町在那个时候是花街。江户幕府官方认可的花柳街只有吉原，剩下则都是私设地下妓馆的花街。在伴四郎所居住的和歌山藩邸附近，鲛河桥一带的花街就很有名。伴四郎的日记中也曾提到，到吉原或者内藤新宿[1]的花柳街参观游览，但并没有说自己曾经"登楼"过。笔者将这件事情告诉女性朋友之后，对方的反应是"伴四郎连你小子也这样"。不过江户时代对于花街柳巷的看法跟现在是大为不同的。

1　江户时代位于甲州街道上的驿站，位于现在的东京都新宿区新宿一丁目、二丁目、三丁目一带。——译注

回和歌山

伴四郎长达一年零七个月的江户就任生活终于要结束了。参加送别酒宴，收到饯行礼物，还遇到一些"糟糕"的事情，每天都很忙碌，但伴四郎也没有忘记给故乡的亲友买礼物。通过他的记账本，我们来看看他都买了些什么礼物。

十一月二十一日在芝买了"儿童持游人偶"（150文，合3000日元），估计这是给独生女小歌买的，"五把篦梳、三把梳"（540文，合18000日元），估计这是给妻子买的礼物。伴四郎离开家人一年多，梦里也会梦见她们，藩邸门前的弃婴也让伴四郎想起女儿，以至流泪，可见伴四郎肯定非常思念她们。二十三日也买了很多东西，首先买了"笑绘"（300文，约6000日元），绘画的具体内容我们就不知道了，估计是绘有滑稽画的锦绘，另外"笑绘"这个词也有枕绘（即春画）的意思。锦绘在江户很受欢迎，所以锦绘也称"江户绘"，是具有代表性的江户特产之一。仙女香是前面已经介绍过的香粉，一定是准备送给妻子的礼物。另外伴四郎还买了些日常用品，眼镜（10 文目，约 20000 日元）、梳发髻时用的发绳（400 文，约 8000 日元）、烟盒（264 文，约 5280 日元），还有剔牙棍（120 文，约 2400 日元），这些应该都是伴四郎给自己买的江户特产。

在江户吃了最后一场大宴席之后第二天，也就是十二月三日，伴四郎一行早上六时就从藩邸出发，在大森吃了年糕饼，雇了帮着拿行李的脚夫，坐船渡过多摩川之后就到了川崎宿驿站，在这里的万年屋吃了午饭。当时来横滨参观时在万年屋住过一夜。到了这里当然要吃著名的奈良茶饭。

叔父从这里开始坐上了小轿，到了保土谷[1]休息了一下，并且吃了年糕饼，估计在这里吃的是特产牡丹饼。伴四郎一行返乡的时候走的是东海道，一路上有很多好吃的当地特产，不过伴四郎首次到江户就任的日记就写到这天了。之后的日记没有留存，所以我们也不知道后事如何。如果有机会的话还希望伴四郎能给我们介绍一下

---

1 保土谷驿站，位于现神奈川县横滨市保土谷町。——译注

东海道上的有名特产。

十二月十八日，伴四郎抵达和歌山，重新回到故乡过上了安稳平静的生活。

终章

后来的伴四郎

本书的"旧版"，基于万延元年五月开始到十一月为止的日记，对伴四郎的饮食生活进行了介绍。由于当时认为其他史料已经遗失，因此对于伴四郎在那之后的情况，则主要是参照了岛村妙子女士的论文。前言中也有所提及，后来小野田一幸先生和高居智广先生对新史料进行了翻刻，于是我们又知道了一些跟伴四郎相关的生活状况。所以在终章里，要对伴四郎在那之后的生活加以介绍。

用竹笋来交际

元治二年（1865）三月三十一日
晴天，八时过后着赤坂御屋，片野八大夫作种种关照，借诸道具予余，又予酒肴。

　　文久元年（1861）十二月回到领国的伴四郎，具体过着怎样的生活，目前我们还不知道。不过，过了大约三年零两个月之后，于元治二年（1865）二月十四日，由于和歌山藩藩主德川茂承又要到江户来赴任，所以叔父宇治田平三和伴四郎也被任命前往江户。二十二日从和歌山出发，二十四日抵达京都，在京都住了三个晚上，二十七日从东海道前往江户。在京都逗留的时间非常短，但是却花了两铢黄金（约16000日元）的"京都茶费"，估计是用来在京都观光。

这次路上并没有留下日记。三月十一日八时（下午两点左右）抵达了位于赤坂的藩邸。担任御纳户头的片野八大夫对他们多有关照，帮他们借来了当即就可以使用的一些生活用具，还请他们吃了饭。伴四郎一行前一次来江户就任的时候，八大夫常跟叔父平三还有伴四郎学习演练衣纹道，所以经常关照他们，回和歌山之前还为他们饯别。这次抵达江户的第一天就又要受八大夫的关照，不过这次是直接在八大夫的家里进行衣纹道的演练，练习过后又是"大受款待"（三月二十七日），还有一次八大夫叫他们去吃"搅拌寿司"（四月三日）。而且，这次还将搅拌寿司装到漆器饭盒里给伴四郎一行带了回去。

记账本上记载，三月十八日，因为要向这位片野八大夫"寒暄"，所以花了600文（约1200日元）买了竹笋。大概是因为要拜托八大夫关照自己在江户的生活，所以买了竹笋作为"寒暄"的礼物。第二天，伴四郎还跟高井国之助进行了"寒暄"，花了550文（约1000日元）买竹笋。高井的职务是日记方，伴四郎在很多提交材料相关的事情上都要受他关照。

竹子自古以来就可以作为建筑材料，而竹笋还可以食用，因此广受欢迎。竹子的种类很多，食用竹笋中非常知名的是孟宗竹。但其实，孟宗竹的历史比较短，江户时代才传入日本。安永八年（1779），位于品川的萨摩藩邸前栽种了琉球产的孟宗竹，据说这是江户的第一批孟宗竹（《武江年表》），到了18世纪后期孟宗竹才逐渐传入普及开来。别号蜀山人的大田南亩在《奴师劳之》（文政元年，1818年）中写道，他年轻的时候孟宗竹非常少见，他还曾特意到大久保户山（新宿区）去观赏，而且曾经在日向高藩的秋月侯的宅邸中受款待吃过孟宗竹羹，并称赞其"味极美"。

不知道八大夫他们收到竹笋之后，把它做成了什么样的料理。竹笋的涩味很重，做的时候要先去除涩味。但如果是刚挖出来的新鲜竹笋的话也可以生吃，切段之后蘸鲣鱼熬的酱汁，再淋上点酱油吃也很好，或者蘸山葵酱油吃竹笋寿司也很美味。另外，竹笋和海带的味道也很相配，可以一起炖煮，或者将整个竹笋煎着吃也很好吃，还可以做竹笋饭。煎竹笋的时候，先将带皮的整个竹笋进行水煎，然后剥皮，用温水或热水洗一下再切块，蘸花椒、山葵、胡椒和酱油吃。不过江户时代的竹笋饭跟现在的竹笋蒸饭[1]不同，是将嫩竹笋用盐水煮过之后切块，然后盖在白饭上面，最后再浇上汤汁做成的，佐料会用到紫苏、花椒和浅草海苔等。

伴四郎也会自己做竹笋吃。四月七日的日记中写道："午饭预备做竹笋寿司"，可见他用竹笋做了寿司。江户时代的料理书中，记载了几种竹笋寿司的做法，可以先将竹笋炖煮入味，然后切薄片之后摆在寿司饭上压制，做成押寿司；也可以先将整个竹笋炖煮之后把笋芯挖掉，然后把寿司饭塞到竹笋里面，再压上重物挤出水分制成。不知道伴四郎做的竹笋寿司是哪一种。

说到寿司，前面提到的片野八大夫也请伴四郎吃过寿司，另外从

1　现在的竹笋蒸饭是将调过味的竹笋和米饭一起蒸制的。——译注

伴四郎这里收到过竹笋的高井国之助，也给伴四郎送过"搅拌寿司"。而且高井国之助还是用的深约七寸（约21厘米）的方形漆器饭盒装的寿司，估计量也很大。具体是有什么材料我们就不知道了，但是伴四郎在日记中写道："实为美味之事"，很是高兴。估计高井国之助送给伴四郎的，应该是用了各种应季蔬菜和鱼贝类制作的什锦寿司。

伴四郎前往日光

四月十五日

晴天，朝六半时同冈野伊贺守往别当大乐院，各官皆拜见不遗。四时后归，遂六七人观雾降瀑，归途买种种之物。傍晚归，日光宫赐二饼、煮染[1]，一切物品皆为分配。

德川家康殁于元和二年（1616），而元治二年（1865）恰是德川家康逝世250周年的纪念。四月四日伴四郎被叫到御用房，收到指令，告诉他们于"权现大人[2]二百五十回御忌御法会之际，

1　将蔬菜、肉等加入酱油充分煮炖后入味的菜肴。——译注
2　德川家康死后，朝廷赐封"东照大权现"，供奉于日光东照宫中。——译注

御用有之，当趋谒日光"。和歌山藩的家老冈野伊贺守代藩主前去日光拜谒，而伴四郎的具体职务就是作为衣纹方随行，侍奉冈野伊贺守的装束。小野田先生在"解说"中也提到，伴四郎这次到江户赴任，其目的之一就是前往日光侍奉。伴四郎收到指令之后，就前去拜会冈野。

冈野伊贺守名叫白明，对于幕府末期的和歌山藩来讲是非常重要的人物。他于文久二年（1862）担任海防御用总奉行，文久三年受任家老，文久四年成为诸大夫，始称"伊贺守"。在这里多说一句，所谓诸大夫就是被正式封为五品官衔的人，可以以近江守这类官职名自称，在武士阶层中一般是大名或者旗本才会被任命为诸大夫。一般的大名家的家臣，即便是家老级别的人物，也只能以领国名自称，比如国司信浓[1]、福原越后[2]等。但是御三家的家老，则可以正式封爵，以自己的官职名自称。

在正式被任命去日光出差之前，伴四郎在四月朔日就被叫到冈野家，先对服装和各个道具进行点检，结果发现桧扇是女款，和服

---

1 信浓国，约等于现长野县。——译注
2 越后国，相当于现在除去佐渡岛外的新潟县全境。——译注

的裾的颜色也跟伊贺守的年龄不相匹配等问题，但最终还是搭配出了一套"不遗一物"的衣服给伊贺守试穿。四日夜到冈野宅邸进行排演，六日排演时伊贺守也来"参观"了。后来又收到了6两1分金子250文钱作为出差补助，逐项准备也进展得很顺利。领到出差补助那天的傍晚，伴四郎在四谷的饭店里请叔父吃了"酒肴"，这是因为叔父是伴四郎的上司，正因为有叔父伴四郎才能领到这份出差补助，因而向叔父表达谢意。记账本上写道，花了2铢黄金300文钱（约16600日元）用来"与叔父客气"。

出发之前，伴四郎于十日的傍晚在坂下束了发。前一次来江户就任的时候，伴四郎都是请跟他同住在长屋中的直助帮他束发，并且每次付给直助20文钱。不过这次伴四郎去了在坂下的理发店，价钱是32文（约640日元），伴四郎大约四天会去一次，这也是一笔不小的开销。

十一日的早上从冈野宅邸出发，在松户和小山住了两夜，第二天在日光的德治郎驿站休息，冈野准备了酒宴请大家吃了酒肴。一行人于十四日的八时（下午两点左右）抵达了日光，冈野伊贺守前往老中水野和泉守住宿的地方，伴四郎也跟随侍奉冈野伊贺守。

十五日伴四郎跟随冈野去了日光东照宫的别当寺[1]大乐院，又参拜了东照宫中的所有神殿。之后伴四郎又跟伙伴们一起去参观了雾降瀑布，"买种种之物"。在日光买的东西有米米箸（200 文）、茶壶垫（300 文）、手杖（100 文）、羊羹（1 贯 950 文）、辣椒（200 文）、果子盆（380 文）、绘画（350 文）、擦鼻纸（50 文）、烟草（50 文）、酒盅（200 文）、草鞋（280 文），的确是买了各种各样的东西，总金额是 4 贯 60 文（约 82000 日元），也是一笔不小的开销。其中光是羊羹就花了 1 贯 950 文（约 39000 日元），应该是准备送给叔父以及藩邸中的朋友们的伴手礼。一直到现在，羊羹都是日光的知名特产。这天日光宫（轮王寺宫公现入道亲王）送给了伴四郎两个年糕饼和一些红烧菜肴。日光东照宫是德川家康的庙所，掌管东照宫以及轮王寺还有上野的宽永寺的人称为轮王寺宫（日光宫），历代都是由皇族出任。

第二天一整天伴四郎都在准备冈野的装束。十七日早上五半时（上午九点左右）前往神宫，先是参观了"御渡"祭，然后前往他们将要投宿的护光院，在那里受到了"种种款待"。具体的菜名伴四郎

---

1 对神社进行管理工作的寺院，也称神宫寺、神护寺。——译注

将它记到了另一本食谱笔记上，但是非常遗憾这本食谱笔记没有留存下来。大受款待之后，伴四郎帮助冈野伊贺守换装，然后伊贺守代表藩主出席了神宫中举行的祭祀典礼。伴四郎则留在那里一直侍奉到九时（晚上十二点左右）才回到住宿的地方，然后就赶紧准备第二天出发回江户的行李。

十八日出发，那天投宿在了宇都宫，冈野又请伴四郎吃了不少美食。伴四郎日记中写到冈野"以鱼"款待自己，但没有具体写是哪种鱼。然后分别在古河和越谷投宿了两夜，于二十一日七时（下午四点左右）抵达了长屋。之后又是到冈野宅邸受到"甚为各色款待"，不过这天具体吃了什么也没有详细记载。第二天跟冈野道谢之后，二十三日买了一条长两尺五寸有余（约75厘米）的鰤鱼和一条一尺五寸有余（约45厘米）的黑鲷鱼送给冈野。估计是为日光出差以及多次款待表达谢意，这两条鱼花了1分3铢黄金200文钱（约42000日元），也算是一份重礼了。

二十五日，冈野家的佣人来访，给伴四郎在衣纹道方面的师父兼上司叔父平三送来了三盒渍菜椒、四两（四条）羊羹、两盒芋头，又送给伴四郎七百疋金。在江户时代，每当在仪式上使用喜庆钱的

279

时候，就会将一分金子作为 100 疋来记载，所以伴四郎领到的是 1 两 3 分黄金。不过伴四郎将其中的 300 疋作为礼金"进奉"给了叔父。当然，叔父和伴四郎又一同到冈野宅去拜会道谢，笔者个人觉得这一系列的人情世故有点烦琐。

节气里的佳肴

五月五日

（略）午后余参谒赤羽根水天宫，穿行增上寺境内而过，自神明前出，买各色之物。归途由节气之故，于赤坂传马町以荞麦饮酒一合。（略）高井国之助唤余而来，未久又来唤，速速往之，初节气之故大为款待，众宾客饮至八时，大醒（醉）而归。

　　五月五日是端午节，现在在这一天要庆祝男孩健康成长。自古以来就要在端午节这天举行很多活动，特别是一到端午就必不可少的菖蒲，对于重视尚武精神的武家来说非常重要[1]，因此端午在武都

1　日语中"菖蒲"和"尚武"发音相同，均为 shobu。——译注

江户是个非常重要的节日。在以京都为中心的西日本，端午节里吃的果子是粽子，但在江户却是吃柏饼。柏饼用橡树的叶子制作，橡树是直到出新叶为止，老叶子都一直会留在树上，所以对于看重传宗接代、家族延续的武家来说，橡树非常吉祥。众多武士居住在江户，于是用橡树叶制作的柏饼就以江户为中心普及开来。因此，每年四月二十五日到五月朔日之间，都会在八王子浅川（现在的八王子市）的上流水无川的河滩上，开展集市，出售准备送往江户的橡树叶，非常热闹。

这天伴四郎去参拜赤羽根水天宫，回来的路上"买各色之物"。在返回藩邸的途中，以过节气为由，到赤坂传马町（现在的港区元赤坂一丁目）的店里，吃了荞麦面喝了一合酒（211 文，约 4200 日元）。在节气的时候享受酒和美食，是伴四郎的一贯作风，在他的日记中也经常出现相关记录（见第六章第 2 节"七夕的素面"）。伴四郎常常趁着节气，品尝应季的美味。

回到长屋之后，伴四郎和叔父被叫到高井国之助家去了，去庆祝他们家小朋友出生之后的第一个端午节。看来是高井的子女，或者孙子迎来了第一个端午节，因此请了很多客人"大为款待"，大

歌川丰国（三代）《浮世年中行事　皋月[1]》，吉田收藏。
图片提供：虎屋文库

家高高兴兴地喝了不少酒。伴四郎一行一直喝到八时左右（下午两点左右）。虽说是中午开办的宴会，但伴四郎也是喝得"大醒"而归，日记中把"醉"字写成了"醒"字，这真是伴四郎才能做出来的事。

端午节的第二天五月六日是"里节"，三元三日上巳节（女孩节）和五月五日端午节的第二天叫作里节。

伴四郎在这天买了"土儿"。光是读日记看不懂这是什么，不过

1　皋月即阴历五月。"皋"在日语中有插秧的意思。——译注

在记账本里写了"泥鱼",所以应该是指泥鳅。泥鳅也是伴四郎非常喜欢的一种食物,他常吃泥鳅(见第三章第 1 节"夏天的泥鳅")。

　　五日那天伴四郎买了各种东西,我们通过那天的记账本,看看他都买了些什么。首先状袋应该是指收信用的袋子,薄荷图应该是用薄荷油凝固做成的小小圆圆的薄荷膏。薄荷膏有清凉的效用,可以作为医药品使用。另外,五月五日的记账本里还有一些引人注目的条目,把它们单独列在下面。

　　五日

1 两 1 分 1 铢金　　　　　　黑绢福轮　1 丈 6 尺
此钱合 8 贯 836 文

共 2 分 224 文　　　　　　茶洋纱(自用)
此钱合 3 贯 586 文

2 分 224 文　　　　　　红洋纱(孩子用)
此钱合 3 贯 586 文

第一项黑绢福轮花了1两1分1铢黄金。所谓福轮应该是指覆轮，即一种镶绳边的毛织物，不过伴四郎写道是绢制的，不知道具体是怎样的东西。不过即便是带绳边的和服面料，这个价钱也很高了。茶色洋纱写明了是给自己的，红色洋纱是孩子用的，所以应该是给女儿小歌买的礼物。那这样看来，最前面的黑绢福轮应该是送给妻子的礼物，其价钱比自己用的茶色洋纱高了一倍还多。这天花的钱总计2两1分1铢448文钱，换算成现在的价钱的话大约相当于27万日元。对于伴四郎这样的下级武士来说，这可真是一笔巨大的开支，不过估计是因为有江户赴任特殊补贴才能买得起这样的东西。

幼鲕料理与闷酒

五月二日

（略）朝高浦忠阿弥来，余遂奔至武藏屋令其携酒来，买鱼一条，一尺有余的小鲕，作种种物，遂成酒宴，饮至八时归（略）。

伴四郎已经适应了江户的饮食，常常吃鱼。第二次到江户来赴任，五月十一日买了石鲈鱼作为这天午饭的配菜吃，并在日记中写道："自来到当地，此乃初次以生鱼食饭之事，大笑"，说自从来到江户首次以生鱼配饭吃。但我们还不太清楚"首次"具体是指什么，是指首次吃活着的鱼，也就是生鲜鱼呢，还是指首次吃生鱼片刺身呢？伴四郎第一次来江户赴任时，在路上吃了鳗鱼，还在日记里将其记录为"生鱼"。鳗鱼很少用来做刺身，所以当时应该是指活鱼。但是第二次来江户赴任是三月十一日抵达的，这些天里也吃过很多次鱼，其中也有很多次是刺身，所以这里的"生鱼"到底是什么意思呢，我们还需要仔细思考。

回头来看这天的日记。第二次江户生活，日记里出现的人物，跟第一次比有很大的变化。很多人也都是由于参勤制度到江户来交替赴任，其中不少人在这个时候已经回到领国和歌山了。因此伴四郎第二次来到江户时，依然出现在他的日记中的片野八大夫和森五三郎等人，应该是常驻江户的江户定府武士。另外，第一次来江户的时候，跟伴四郎住在同一个长屋中的大石直助经常出现在他的日记里，不过这次却没怎么见到直助的名字。笔者本来以为直助这时可能不在江户，不过四月二十四日伴四郎却在理发店跟直助见了面，所以看来这时候直助也来江户了。估计伴四郎跟直助的关系没有原来那么紧密了。或者是由于伴四郎作为衣纹方，这次主要在片野八大夫家、冈野宅邸或者日光工作，而很少去藩主宅邸中的大殿侍奉（只去了一次殿上），可能因此才没有碰到在殿上侍奉的直助吧。直助具体是在哪里工作，怎样生活，至今也是个谜。

高浦忠阿弥这个名字在伴四郎的第二次江户生活中经常出现，从名字来看他的职务应该是同朋众[1]或者奥里的坊主。他常和伴四郎一起去浅草游览，也就是说他是伴四郎的玩伴。

这天早上忠阿弥来访，于是伴四郎赶紧跑到自己常去的武藏屋让他们准备了酒，又买了鱼回来。鱼大约有一尺（约33厘米）长，跟他送给冈野伊贺守的鱼相比算是很小了。伴四郎将这次买的幼鰤鱼"作种种物"，估计是既做了刺身，又做了烤鱼。

幼鰤也是一种所谓出世鱼[2]，长大后俗称油甘鱼、青甘鱼。这种鱼脂肪多，非常好吃，不过笔者问了问认识的大厨，据说现在在市场上渐渐开始难以遇到青甘鱼，而红甘鱼，也就是杜氏鰤越来越多。伴四郎的日记和记账本上，还经常出现鲣鱼、秋刀鱼等各种各样的

1　在将军周围处理杂务或者表演文艺节目的职位。也称阿弥众，或者御坊主众。

2　参考本书第三章第6节"鲻鱼潮煮"。

鱼。其中还有窝斑鰶,《江户自慢》中也推荐勤番武士吃窝斑鰶。有一说认为窝斑鰶谐音"这座城"[1],吃窝斑鰶谐音就是自家城堡被吃掉,不太吉利,因此武士不吃窝斑鰶。不过看伴四郎的日记,好像也并不是这样。

伴四郎和忠阿弥中午就办起了酒宴,他们经常大中午就喝酒,这跟现代的情况很不相同。伴四郎有时会因为喝得酩酊大醉而被叔父训斥,喜欢喝酒的程度可见一斑。伴四郎喝酒基本上都是图高兴,不过他也喝过闷酒、苦酒,下面就来介绍一下伴四郎的闷酒。这闷酒的背景,跟伴四郎入伍上阵参加幕府的第二次长州战争有关。

五月二十日

(略)昨日起余烦闷厌燥,思种种之事,愈加心慌,遂于糀町饮酒,欲缓和烦闷之气,然无人相言语。若返长屋中,则需做笃诚之颜,更为气闷之事。

伴四郎三月十一日才进入江户,到了五月二十八日就踏上了返

1　窝斑鰶的日语为 konoshiro,跟日语"这座城"发音相同。——译注

回和歌山的旅途。这是因为和歌山藩主德川茂承在第二次长州战争之时，被幕府任命担任征长先锋总督，需要上阵出征。而伴四郎本来职位就称为"大番"，是军事职，因此也要为了上阵做准备赶紧回到领国去。正式下令让伴四郎回和歌山是在五月二十四日，所以应该是跟去日光出差时一样，在正式下令之前就已经给他私下通知过了。

五月二十日，伴四郎到四谷和曲町买东西。不过这一天的心情似乎很沉重，从前一天开始就烦闷，想了很多，十分心慌。伴四郎在日记中没有写明，但是让他心慌的原因之一，应该就是要去长州上阵出兵。自岛原之乱（1637～1638）之后一直都没有发生过大规模的战斗，武士们已经习惯了"太平"之世。这时要与长州这样的雄藩展开战争，而自己的藩主则要担任先锋总督，这当然会让像伴四郎这样的武士对前途命运感到深深的不安。据说幕府的旗本武士中，甚至有些人在第一次长州战争时就隐退了。

于是伴四郎在曲町喝起了酒。记账本上写道："四百八十文闷酒荞麦、酒、肴"，因此是在荞麦面店里喝的闷酒。就算是想换换心情，但是一个人喝酒没人可以说话，很是无聊。但话说回来，如果回到长屋，就又得对着叔父摆出一副认真积极的样子，反倒更让人心情郁塞。

这一段肯定是伴四郎的心里话，跟脾性不合的叔父住在一起，对于伴四郎来讲胸中很是郁结。第一次来江户时候的日记里写了那么多对叔父的不满，但是这次为时三个月的短暂江户赴任的日记里，却没有写下什么对叔父的不满。可想而知，伴四郎的之前不满情绪，到这次转变成了忧郁。不过笔者倒是觉得，越是喝闷酒越容易心情沉重。

伴四郎在上阵之前先要回和歌山一趟。最开始说是坐船，但是到了二十四号突然改成走陆路，从中山道返回和歌山。

伴四郎回到和歌山之后，与长州藩相关的政局状况发生了天翻地覆的变化，在这里就不详细介绍了。不过，庆应元年九月二十一日天皇敕准幕府征讨长州，到了第二年正月决定了长州处分案，和歌山藩主德川茂承就留在了大阪，然后六月三日向广岛出发，那里有海路上的军驿站。

出征第二次长州战争

庆应二年（1866）六月朔日

朝六半时自兵库出，于须磨之浦之绝景□暂休，参谒须磨寺，遍览宝物敦盛寿像绘□□、青叶寒竹之笛、辨庆制札，及其余品物。参谒敦盛之塚，塚遂出往一之谷，鹎越一观，食敦盛荞麦，过盐屋村、于舞子滨绝景少休，饮酒，过明石城下，加古川宿之大久保，八时过后宿于此。

　　藩主已经提前坐船出发，伴四郎等于五月二十七日从和歌山出发，向陆路上的广岛军驿站行进，四日后写下了这段日记。享受了名胜之地须磨浦[1]的绝佳美景，参谒了须磨寺（福祥寺的别称）。平敦盛[2]在一之谷合战[3]中被熊谷直实[4]讨伐，由来自平敦盛的宝物后来就供奉在须磨寺中，伴四郎参观了平敦盛的宝物，又拜谒了敦盛

1　位于神户市须磨区须磨浦路，为明石海峡东口的海岸线一带，以白沙青松之景闻名。——译注

2　平安时代末期的武将，平清盛之弟平经盛的小儿子。——译注

3　平安时代末期，源家与平家之间的战争中的一场。——译注

4　平安时代末期至镰仓时代初期的武将，熊谷直贞的二儿子。本来侍奉平家，后臣服于源赖朝。——译注

之塚。然后又参观了一之谷[1]以及义经的鹎越[2]等古战场,还品尝了有名的敦盛荞麦。敦盛荞麦常常出现在访问此处的旅人们的旅途笔记中,非常有名,它是浸过热水后趁热盛出来的荞麦面。据说名字的由来就因为是趁热盛,所以谐音为"敦盛"[3]。然后伴四郎一行又去看了舞子滨[4]的美景,喝了酒。

这个样子怎么看也不像是马上就要上战场的人。小野田一幸先生在"解说"里也提到了这样的情景,他认为这一方面体现了厌战情绪,另一方面是因为兵士们都认为大概第二次长州战争也跟第一次一样,到最后并不会真正发生战斗[5]。的确,这种分析很有道理,不过可以让兵士们如此随处参观游览的"行军",还是让人不敢苟同。"解说"中说,同属和歌山藩,但由水野大炊头[6]率领的一队,则真正是"战时行军"。不知道这种差异从何而来。

---

1 位于现神户市须磨区一之谷町。——译注
2 位于现神户市兵库区鹎越町,是一个非常陡的陡坡,据说源义经在这个陡坡上埋伏,由此大败平氏,因此常称为义经的鹎越。——译注
3 日语中"热"与"敦"同音,为 atsu。——译注
4 位于现神户市垂水区,与明石市毗邻,也称"小舞子海岸"。——译注
5 第一次长州战争时长州藩内部后来出现意见分歧,长州军接受了幕府军提出的条件。——译注
6 水野忠干,第二章第 4 节中提到的水野土佐守——水野忠央的长子。大炊头为官名,从五品,为大炊寮(负责从各国收米并分配的部门)的长官。——译注

但是，到了七日战争已是一触即发。这一天伴四郎从尾道出发，途经三原向本乡行进。到了九日，伴四郎一行也抵达了广岛的军驿站。

　　和歌山藩士和长州军均是浴血奋战，伴四郎自己也参加了六月二十五日的战斗。这天从早上开始，犬炮的声音就不绝于耳，穿好装备之后，从军驿出去看了看，发现战斗已经开始了。幕府的军舰也在进行掩护射击。混乱之间敌方已经从小道上涌了过来，伴四郎所在的一队爬上小山开始跟敌军进行战斗。其事态"实乃激烈"，伙伴中也有战死的。伴四郎也写道，"思余命休矣，弹如雨落般"朝自己这边打来。所幸同伴们"关照"，并由于"高（幸）运"，伴四郎没有负伤，完好无损地回来了。这些记叙跟之前的伴四郎感觉很不一样。

　　后来伴四郎积极地进行巡逻，并且"演练西洋炮"，七月十四日在广岛跟藩主御目见，藩士们被藩主称赞，说他很"尽心满意"。回来的途中，伴四郎被同样在从军的河村叔父叫到他的宿营中去吃"酒肴"。虽然无法跟在江户就任时相比，但从军时的日记里偶尔也写有"饮一杯""大受款待"这样的字眼。八月十三日在广岛时也写有"傍晚游玩"的字眼，游玩的具体内容就不知道了。之后到了二十日，伴四郎继永井丈右卫门之后升任为组长[1]。参谒了天神、东照宫之后回来，一名叫野间的藩士送来了两条大鲷鱼，伴四郎喝了一升酒，大醉。这个鲷鱼应该就是庆祝伴四郎晋升为组长的贺礼。

回到和歌山藩之后，伴四郎似乎是在叔父宇治田平三家里进行衣纹道排演和军事训练的。第二年庆应三年四月，伴四郎被任命到奥里供职。所谓奥里，就是和歌山藩主日常居住的和歌山城内，也就是说伴四郎要在主公的生活空间里工作了。

有一本留存下来的记账本记录了跟奥里相关的诸多费用。这里主要记录的是，到奥里就任之时办庆祝宴席相关的费用。有一家叫作"冈甚"的店，伴四郎向其支付料理费用，共花了847文目银子，"寿司米"一斗一升花掉了126文目5分银子。另外，所谓酌人，应该是指在宴席上添酒的人，雇了两位。另外还为为吉和其他四人一些钱，作为"日雇之薪同喜钱"。这里的为吉，跟伴四郎第一次到江户赴任时带的扈从是同样的名字。另外，常常关照自己的龙之助的

1　江户时代的武士们往往以"组"为单位。——译注

叔母叫"阿类"，这里也出现了相同的名字。这些人都是酒井伴四郎家的侍从，或者常常跟他来往的人。不过给伴四郎送来喜钱的人里，还有"宇治田长屋阿类""木工为吉"的字眼。所谓宇治田长屋，跟伴四郎的叔父宇治田平三是什么关系呢？岛村妙子女士在论文中提到，伴四郎在明治初年间做了租房子的营生，所以可能这就是叔父的长屋。

作为贺礼送来的东西还有很多，有500疋（5分）金子、三条大阪崩（鱼糕）。鱼有大鲷鱼3条、中鲷鱼37条、小鲷鱼2条、大黑鲷1条、屋鲷3条、大竹荚3条、太刀鱼3条、大石鲈2条、石鲈2条、鳝鱼2条、牛尾鱼1条、中比目鱼1条、狼牙鳗1条。所谓票就是现在的商品兑换券的前身，伴四郎还收到了酒票2张（二升），鱼票4张（43文目）。通过这些记录我们也可以看出，无论是对于伴四郎来说，还是对于他身边的人来说，能到奥里工作是一件非常重要的事情。

明治前夕去往京都

庆应四年（1868）四月十四日

（略）午后邀大田喜八郎来，四人一同往圣护院村，参观东黑谷及真如堂、南禅寺、于丹后屋饮一杯，傍晚归。

　　庆应元年（1865年，元治二年四月七日改元称庆应元年）开始到庆应二年之间，发生了第二次长州战争，政局发生了剧烈变化，到了庆应三年十二月九日开始实行王政复古[1]。第二年，即庆应四年一月三日开始，在鸟羽伏见之战中幕府军败北。和歌山藩主德川茂承，被新政府要求赶赴京都，于是二月十三日抵达了京都堀川寺之内的日莲宗本山本法寺。这个寺是代代和歌山藩主都布施供养的寺庙。

　　也许就是因为上述情况，伴四郎也来京都出差了。庆应四年四月二日，伴四郎从和歌山出发，在山中吃了午饭，于蛸茶屋喝了一杯，这方面伴四郎倒是一点没变。这个蛸茶屋大家已经耳熟能详了

1　废除江户幕府，建立新政府。——译注

吧。四日抵达了京都水落町（今京都市上京区）的堺屋清兵卫家。这里是和歌山藩官方驿站所建的本法寺，也是曾经担任和歌山藩茶道指导的表千家的宗家掌门的宅邸，离文久二年（1862）新设的萨摩藩邸也很近。伴四郎一直到十七日都在京都出差，这时候叔父宇治田平三也在京都。

伴四郎逗留京都的时间虽然很短，但他还是抓紧进行了京都观光。抵达京都之后的第二天，去过官方驿站之后，就"众人一同"

萨摩二本松藩邸遗迹（现同志社大学今出川校区），伴四郎投宿的地方离这里很近。

笔者摄影

前往寺町的清闲寺。笔者在寺町路上没有找到清闲寺，估计是指誓愿寺[1]，在誓愿寺担任过住持的安乐庵策传上人，被认为是江户时代落语的鼻祖。这附近有很多杂耍小屋，非常热闹。誓愿寺在元治元年（1864）的禁门之变中被烧，不知此时状况如何。伴四郎访问京都时，正值街上开始复兴之时。顺便说一句，到了明治二年（1869），誓愿寺境内的大部分都被上知（收公），变成了新京极的繁华闹市[2]。

八日，伴四郎果然中午就从官驿中出来了，然后就到北野天满宫、平野神社和金阁寺去参观，这些都是在元治大火中幸免于难的名胜。第二天在萨摩藩宅邸中观看了相扑，又去参谒了祇园社（八坂神社）和知恩院，这些也都位于免于火灾的东山地区。叔父也去参拜了比叡山和鞍马等地。

十四日，伴四郎去了圣护院村，到位于黑谷的净土宗总本山金戒光明寺，以及真如堂（真正极乐寺）去参谒，接着又去拜访了南

1　"清闲"日语发音为 seikan，与"誓愿"的发音 seigan 相似。——译注
2　可参考《京都，流动的历史》，小林丈广、高木博志、三枝晓子著，社会科学文献出版社，2018 年版。——编者注

京都真如堂。
笔者摄影

禅寺。南禅寺的山门很有名，据说它被盗贼石川五右卫门[1]称赞"约为绝美之景"，但其实这山门是在他死后才建好的。此寺中的汤豆腐很有名，有一家汤豆腐店叫"奥丹"，一直营业至今，伴四郎在日记中说于丹后屋"饮一杯"，可能指的就是这里。

十六日伴四郎被命令返回和歌山，于是在四条大道一带买了一些东西，中午吃寿喜锅，又喝了一杯。寿喜锅，是将牛肉与葱，以

---

1 安土桃山时代劫富济贫的大盗。——译注

及茼蒿等蔬菜一起放入薄薄的铁锅中，用酱油、砂糖和酒，一边调味一边吃的一种食物。在江户时代，有时会用农耕的锄头代替铁锅来烤鸡和鱼，所以也有叫幼鰤锄烧[1]的菜肴。不过到了庆应四年（明治元年）肉食已经普及，所以伴四郎吃的估计是牛肉寿喜烧。

伴四郎从和歌山回来之后过了大约半年，改元为明治元年。资料显示，在那之后伴四郎的职务依然是衣纹方。但是，他结发妻子病逝，伴四郎后来续弦，长子铁藏出生于明治三年。这些情况也都是通过岛村妙子女士的论文读到的。

我们无从知晓伴四郎在明治这个时代是如何生活的。估计肯定也和其他很多武士一样，失掉了俸禄，以一个普通市井之民的身份过活。不过，通过伴四郎留下的记录，幕府末期到明治时代期间下级武士的生活，就这样鲜明地呈现在了我们眼前。而且，我们在21世纪初期的生活，也有不少跟伴四郎的相通之处。由于各种历史原因，伴四郎跟我们是完全不同的身份，但在日常生活和工作中的些微小事上，我们又是如此相似。伴四郎之所以如此有魅力，并不单

---

1 "锄"日语发音为suki，跟"寿喜"二字发音相同。——译注

纯是因为他告诉了我们幕府末期的饮食及其他诸多生活状况，更是由于我们可以在伴四郎身上看到"自己"的影子。

【勤番武士的燃料使用情况】

在坐拥百万人口的江户，像炭和木柴这样的燃料，是如何生产，又是如何贩卖的呢。在房总生产出来的木柴，通过发达的船运，被运送到江户的奥川筋[1]船运批发场，由此供应市内所需（吉田伸之《系列日本近世史④ 江户都市生活》，岩波新书）。另外，在多摩地区生产的炭和木柴等，则要用马以及多摩川的船运来运送到江户。多摩郡国分寺村是炭的生产地，在《江户名所图会》中也介绍过。这里生产的木柴和炭有时也会直接送到旗本宅邸中进行贩卖（青木直己《幕末期武藏野农村的薪炭生产》，立正大学文学部论丛第84期）。在八王子地区附近，有本来作为农田开发的地方后来成为炭窑的例子，也有质量优良的炭窑后来变成了廉价但是能够进行大量生产的炭窑的情况。最近，江户近郊多摩一带的炭生产情况，渐渐通

1　指武藏、上野、下野、常陆、下総等地，位于内陆深处的河川。——译注

过史料而为人知晓（《多摩之路》第152期／特集 多摩的炭烧）。这也从侧面证明了江户对于薪炭的需求量之大。

伴四郎的薪炭使用情况又如何呢？首次到江户赴任的记账本中，记录了薪柴费和炭费，写着是均摊，所以应该是同住的三人共同支付的。日记中写道，伴四郎的玩伴矢野五郎右卫门有一次送了一大袋炭到长屋来，也收了费用，每人160文。矢野的职位是御小人，是个下人，可能是负责跟薪炭有关的工作。另外，负责管理藩邸内庭园的"御庭方之人"也带来过一捆柴。这木柴可能就来自于御庭之内。

第二次到江户赴任之时，经常关照伴四郎的片野八大夫也曾经给他送过木炭，记账本中也写有向片野支付薪炭费用的记录。片野的职位是御纳户头，一般是负责管理主公的服装以及日用器具的，感觉薪炭之事与他的职务没什么关联。不管怎么说，伴四郎的燃料，很多都是从藩邸的藩士那里筹措来的。

后　记

　　本书的原型是自2000年4月起至2003年3月为止，在NHK出版社的《男之食彩》（后改名为《食彩浪漫》，现已废刊）上连载的专栏，"幕末单身赴任下级武士的食日记"。在此之上添加了大量内容，并进行了订正，最终形成本书。我平常写东西很慢，总是给编辑添麻烦，但是写这个专栏时却非常开心。这并不单纯是因为酒井伴四郎的日记十分有趣，而是因为，透过日记的字里行间可以看出他的性格。而且伴四郎对以叔父为首的身边的人，描写得也非常精彩。

　　日记虽然可以作为"史料"，但无论如何里面都带有很强的主观情绪，所以使用的时候必须小心谨慎。但对于本书来说，恰恰是这些主观情绪才吸引我们阅读。

本书的起源是酒井伴四郎的日记，过去林英夫先生将其翻刻为《单身赴任下级武士的幕末〈江户日记〉》，我也是参考它来写作此书的。但是翻刻出来的部分，时间跨度大概只有半年，其他的部分则没有我能亲自调查确认的资料。在未发现的部分中还有正月时的记录，很想看看伴四郎是如何过正月的。但是，岛村妙子女士对伴四郎的日记整体进行了详细的研究，我也参考了她的论文（《幕末下级武士的生活实态——纪州藩一下士的日记分析》）。说起来，若无岛村妙子女士的论文的话，本书也就不存在了。请允许我在此表达谢意。

　　通过酒井伴四郎这位下级武士的生活，我们可以看到幕府末期江户的饮食生活，这是当初进行连载时考虑的首要目标，所以当时特意选取了跟饮食相关的题目。但在将其整理成书的过程中，我补充了很多与伴四郎的工作和日常生活相关的内容。不过即便如此，依然可以感受到，在江户这个拥有百万人口的大都市中，人们的饮食生活与大自然息息相关，并且非常丰富多彩。

　　在江户时代，料理文化正突飞猛进地发展，出版了很多料理书。本书也参考了当时的各种料理书。最重要的就是松下幸子女士的《图说江户料理事典》，把它放在案头，有什么想不明白的地方就拿来翻看和确认。

本书得以出版，要感谢NHK出版社的田原朋子女士的帮助，不过连载的时候也受到其他多位编辑的关照，在此一并表示谢意。

2005年11月

青木直己

文库版后记

在前言中也提到，新版『幕末単身赴任下級武士の食日記』（NHK出版）发行以来已经过了十一年，这才将文库版付梓。我初次跟酒井伴四郎的日记相逢，已经是十七年前的事情了。对我来说，自从与伴四郎的日记相遇，我变得不再仅仅关注和果子，而是开始对饮食文化这个领域产生兴趣。最终，它让我拓展了对饮食文化和近代历史的理解。首先，要向留下这本日记的伴四郎表达感谢之情。

这次的文库版，不仅仅对"旧版"进行了订正和补充，也增加了一些新的条目。另外，由于发现了新史料，所以加入了第七章和终章。这要感谢小野田一幸先生和高久智弘先生两位所著的《纪州藩士酒井伴四郎关联文书》中介绍的新史料。对于两位进行翻刻和发行之事，我要表达深深的感谢之情。

这些新史料由关西学院大学的藤木喜一郎先生所收集，1983年神户市立博物馆收购了这些史料。该馆还收藏了藤木先生搜集的其他史料。得知这一系列情况之后，我对古文书的搜集产生了一些感想。

"旧版"中使用的伴四郎的《江户江发足日记账》，也是由著名的近代史学家林英夫先生搜集，后来由江户东京博物馆收藏的。个人收藏的古文书，在其人逝世之后容易散佚，最终"私藏"成为"死藏"的例子也有很多。在这样的状况之下，伴四郎的记录史料被两家公共博物馆收藏，而且被公开翻刻出来，可以说是非常幸运的。

我也搜集了不少江户时代的古文书。退休之后，现在在慢慢将其整理为古文书目录，或者依据搜集到的史料写论文，有的时候也在大学讲课的时候使用这些资料。但是，即便制作目录或者写论文，私藏还是私藏，而且不知什么时候私藏就会变为"死藏"。当然有很多收藏家，积极地将其搜集的资料公开出来，承担了十二分的收藏家的职责。这正是那些收藏家对于某些明确的主题，进行资料搜集的意义所在。但是，我们同时也应该重视如何将这些资料传承下去，这就是伴四郎相关的记录史料令我意识到的问题。

以上的话，稍稍脱离了"饮食"这个主题，但这是我在写文库版时遇到的、思考过的问题。不管怎么说，伴四郎的记录史料，虽说以饮食为基础，但这也是他所隶属的和歌山藩武家社会，还有他日常生活的江户藩邸社会，以及幕府末期江户社会的一个剪影。通过酒井伴四郎这个下级武士之眼，我们才得以理解当时的种种情形。希望今后也有很多研究者能够用上这些史料。

　　我写作文库版的时候，使用图像资料时得到了不少人的帮助。另外对于厨具及料理之事有弄不明白的地方时，我往往都是向我的旧识——松本道朗大厨询问。本书的出版，受邀于筑摩书房的高桥淳一先生。对于"旧版"，我自己也有不少想要修订之处，于是认为这是个好机会，所以应邀写作本书。不过，退休之后的生活比预想的要更为忙碌，常常手忙脚乱，给高桥先生平添了不少麻烦和担忧。还有与伴四郎史料相关的诸位人士，在此向以上各位表示最诚挚的谢意。

2016年8月15日

青木直己

主要参考文献

（排名不分先后）

《单身赴任下级武士的幕末〈江户日记〉》，林英夫校订，《通过地图看新宿的变化四谷篇》，新宿区。

《酒井伴四郎日记——影印与翻刻》，东京都江户东京博物馆都市历史研究室编，东京都。

《纪州藩士酒井伴四郎关联文书》，小野田一幸、高久智广编，清文堂出版。

《守贞谩稿》，喜多川守贞著、朝仓治彦编，东京堂出版。

《江户自慢》，《未刊随笔百种 第八卷》，三田村鸢鱼编，中央公论社。

《日本料理秘传集成》，平野雅章编，同朋舍出版。

《图说江户时代饮食生活事典（新装版）》，日本风俗史学会编，雄山阁出版。

《江户的快餐》，大久保洋子，讲谈社选书Métier。

《图说江户料理事典》，松下幸子，柏书房。

《参勤交代》，东京都江户东京博物馆展示图录。

《江户时代馆》，竹内诚监修，小学馆。

《江户的饮食生活》，原田信男，岩波书店。

《图说和果子之今昔》，青木直己，淡交社。

《和果子物语》，中山圭子，朝日文库。

《幕末下级武士的生活实态——纪州藩一下士的日记分析》，岛村妙子，立教大学史学会《史苑》32卷2号。

《大都市江户创造的和食》，渡边善次郎，农山渔村文化协会。

《都市与农村之间》，渡边善次郎，论创社。

《武藏国大里郡村冈村小林政秋家所藏文书目录》，立正大学古文书研究会。

《传统都市江户》，吉田伸之，东京大学出版会。

《广重大江户名所百景散步 随江户区域地图而行》，堀晃明，人文社。

《日本料理事物起源》，川上行藏著、小出昌洋编，岩波书店。

《饮食生活语汇五种便览》，川上行藏著、小出昌洋编，岩波书店。

《锦绘描述的江户饮食》，松下幸子，游子馆。

《寿司　天妇罗　荞麦　鳗鱼：江户四大名食的诞生》，饭野亮一，筑摩学艺文库。

《居酒屋的诞生：江户的酩酊文化》，饭野亮一，筑摩学艺文库。

《物与人的文化史：酒》，吉田元，法政大学出版局。

《江户的鸡蛋1个400日元！通过物价了解江户的生活》，丸田勋，光文社新书。

图书在版编目（CIP）数据

一个单身赴任下级武士的江户日记：酒井伴四郎幕
末食生活 /（日）青木直己著；宋爱译 . -- 北京：社
会科学文献出版社，2019.5（2020.4 重印）

（樱花书馆）

ISBN 978-7-5201-4263-2

Ⅰ . ①一… Ⅱ . ①青… ②宋… Ⅲ . ①日记 - 作品集
- 日本 - 江户时代 Ⅳ . ①I313.64

中国版本图书馆CIP数据核字（2019）第027001号

·樱花书馆·

一个单身赴任下级武士的江户日记：酒井伴四郎幕末食生活

著　　者 /〔日〕青木直己
译　　者 / 宋　爱

出 版 人 / 谢寿光
责任编辑 / 杨　轩　　　　　　文稿编辑 / 黄盼盼

出　　版 / 社会科学文献出版社·北京社科智库电子音像出版社（010）59367069
　　　　　　地址：北京市北三环中路甲29号院华龙大厦　邮编：100029
　　　　　　网址：www.ssap.com.cn
发　　行 / 市场营销中心（010）59367081　59367083
印　　装 / 北京盛通印刷股份有限公司

规　　格 / 开　本：880mm×1230mm 1/32
　　　　　　印　张：10.25　字　数：182千字
版　　次 / 2019年5月第1版　2020年4月第2次印刷
书　　号 / ISBN 978-7-5201-4263-2
著作权合同
登 记 号 / 图字01-2018-1797号
定　　价 / 69.00元